D1703863

Jo Pestum · Die Waldläufer

Jo Pestum

Die Waldläufer

Ellermann Verlag

Umschlagillustration: Reinhard Michl
©1993 Verlag Heinrich Ellermann München
ISBN 3-7707-3002-X
Printed in Germany

Im Licht des dünnen Mondes

Ich will von unserer Wanderung durch die großen Wälder erzählen, von der heimlichen Flucht in der Nacht, von Hunger und Gefahr, von Abenteuern mit fremden Menschen und wilden Tieren und von der Reise auf dem großen Strom. Alles begann in einer hölzernen Baracke vom Roten Kreuz im Sommer des Jahres 1947, und dort lernte ich auch meine Weggefährten kennen.
Wir waren ausgehungerte Gestalten, die Rippen konnte man sogar durch das Hemd zählen. Gewiß, der schreckliche Weltkrieg und die Bombennächte waren vorbei, doch wirklicher Frieden war dies noch lange nicht. In unserer Großstadt hausten die Menschen in Kellern unter Trümmerbergen und in Häuserruinen ohne Wasser und Strom, nur wenige hatten das Glück, in erhaltenen Wohnungen zu leben. Man wartete auf die Kriegsheimkehrer, die aber vielleicht niemals heimkehren würden, machte sich mühsam daran, die Schutthalden zu beseitigen und die Stadt wieder aufzubauen, und fast alle Leute litten entsetzlichen Hunger, weil nur wenige Lebensmittellieferungen wirklich die Läden erreichten.
Ich ging in eine Schule, die im Krieg ausgebrannt, deren untere Etage aber notdürftig hergerichtet war. Mehr als fünfzig Jungen in einer Klasse! Und die Lehrerin war bei einem Bombenangriff verschüttet worden und hatte seitdem eine Flüsterstimme. An einem Morgen kurz vor den Sommerferien erschien ein Mann vom Roten Kreuz in unserer Klasse und

verteilte Handzettel, die sollten wir unseren Eltern geben. Die dünnsten und hungrigsten und unterernährtesten Schülerinnen und Schüler dürften zum Sattessen und Erholen mit einem Transport des Roten Kreuzes zu Bauernfamilien nach Süddeutschland fahren: So stand es auf dem Zettel. In der Baracke am Rheinufer mußte man sich bewerben und untersuchen lassen. Meine Mutter ging mit mir hin.
Tausende waren gekommen. Das Gedrängel artete in Schlägereien aus, bis endlich Polizisten halbwegs für Ruhe sorgten. Englische Besatzungssoldaten halfen ihnen dabei. Nach fünf Stunden ungefähr wurde ich zusammen mit einem Dutzend anderer Jungen in den Untersuchungsraum gelassen, wo wir gewogen und gemessen wurden und wo wir auch die Hosen runterlassen mußten, weil der Arzt sehen wollte, ob wir nichts Ansteckendes am Unterleib hätten, Pocken oder so. Drei aus unserer Gruppe wurden für den Ferientransport ausgesucht. Ich war einer davon.
Als dann am nächsten Montag der Sonderzug auf einem Nebengleis außerhalb der notdürftig reparierten Bahnhofshalle anrollte und der Ansturm auf die Abteile begann, da blieben wir drei wie selbstverständlich beisammen und quetschten uns nebeneinander auf die Holzbank eines schlimm überfüllten Abteils. Unser bißchen Gepäck hielten wir zunächst krampfhaft an uns gepreßt, damit es uns nicht geklaut wurde.
Und dann stand und stand der Zug stundenlang in der glühenden Sonne, und keiner wußte, warum er nicht abfuhr. Vor uns ragte die riesenhafte düstere Fassade des Domes hoch und versperrte uns den Blick. Das machte das Warten noch lähmender.
»Ich heiße übrigens Jupp«, sagte der Junge mit den breiten

Hosenträgern, die eine übergroße Hose festhielten. Er saß links von mir.

»Ich heiße Gereon«, sagte ich.

»Das darf doch nicht wahr sein!« Jupps verschwitztes Gesicht wurde breit vom Grinsen. »Gereon? So heißt doch 'ne Kirche!« Da mischte sich der andere Junge ein, der rechts von mir am Fenster hockte. »Gereon war ein Heiliger, nach dem die Kirche benannt wurde. Das sollte jeder Kölner wissen. Ihr könnt Hansi zu mir sagen. So nennen mich meine Freunde.« Seine Hose wurde von einem breiten Soldatenkoppel gehalten, das Hakenkreuz am Koppelschloß war weggefeilt worden.

Wir gaben uns so feierlich, wie das unter diesen Umständen möglich war, die Hand, und das bedeutete, daß wir Freundschaft geschlossen hatten.

Jupp sagte: »Also, mit den Heiligen und so hab ich's nicht so sehr, damit ihr gleich Bescheid wißt. Und den Kölner Dom mag ich erst recht nicht leiden. Mein Vater hat gemeint, so ein klotziger Bau wär Verschwendung von Material und Arbeitsenergie, und statt des Domes hätte man besser 'ne Wohnsiedlung bauen sollen.«

Also, ich hatte eigentlich nichts gegen den Kölner Dom und seine zwei Türme, weil dieser Bau ja irgendwie zu unserem Stadtbild gehört. Aber da ich nun seit einer halben Ewigkeit ununterbrochen gegen das dunkle Mauerwerk gucken mußte, fing ich allmählich an, den Dom nicht mehr zu mögen.

Hansi allerdings verteidigte den Kölner Dom so lautstark, daß alle anderen zwölf Jungen in unserem Sechserabteil zusammenzuckten. »Das Material für ein Gotteshaus ist niemals Verschwendung! Ich kann das beurteilen, ich bin nämlich Meßdiener.«

Das sah Jupp ganz anders. »Erstens gibt's ja wohl Tausende von Kirchen, und die sind als Wohnungen für eine einzige Person eindeutig zuviel. Zweitens hab ich mal gehört, daß Gott im Himmel wohnt. Und drittens, das meint mein Vater auch, ist es ja wohl ein schlechter Witz, daß die Bomberpiloten alle Häuser von Köln zerdeppert haben, aber auf diesen Dom, in dem sowieso keiner wohnt, auf den haben sie keine Bomben geschmissen.«

Da geriet Hansi richtig in Wut und erklärte, nur gottlose Heiden und Kommunisten könnten so etwas Lästerliches behaupten, und Jupp verteidigte die Ehre der Kommunisten gegen die Ehre des Kölner Domes, und so verging wenigstens die Wartezeit. Nach einem Pfiff der Dampflok ruckte unser Sonderzug endlich an; da war es fast schon Abend. Erleichtertes Gejohle scholl aus allen Abteilen. Ich wurde von einem Gefühl aus Traurigkeit und Freude gepackt, das mir ganz fremd war. Meine erste Reise! Die Eltern fielen mir plötzlich ein, die Gesichter meiner zwei Schwestern, die Gerüche unserer Notwohnung. War dies schon Heimweh?

Eine Weile schauten wir staunend und neugierig aus dem Fenster. Die tiefstehende Sonne vergoldete die Landschaft und die Häuschen der Vororte. Ich las später Städtenamen auf den vorbeihuschenden Bahnhofsschildern: Bonn, Remagen, Andernach, Koblenz. Durch den Fensterspalt zischte der Fahrtwind, doch die Luft in unserem Abteil blieb stickig. Jupp und Hansi stritten längst nicht mehr. Auch die anderen Jungen wurden allmählich schläfrig. Wir Ausgehungerten hatten bald unsere Brote mit eingetrocknetem Sirup und Wurstersatz verschlungen. Jupp hatte sogar ein hartgekochtes Ei und teilte es mit Hansi und mir. Eine Frau in der Uniform des Roten

Kreuzes ging mit einer Blechkanne von Abteil zu Abteil und ließ uns lauwarmes Wasser trinken. Sie nannte es Tee. Zwei ältere Jungen hatten die Gepäcknetze als Schlafplätze ergattert, andere legten sich in den Abteilen und in den Gängen einfach auf den Boden. Das Tuckern der Lokomotive und die vereinzelten Lichter in der Schwärze da draußen lullten uns ein. Vielleicht hätten wir sogar geschlafen.
Aber da kramte Hansi auf einmal das Einmachglas mit dem Rhabarber aus seinem Militärtornister. Wahrscheinlich wollte er nicht, daß unsere Mitreisenden lange Zähne bekämen, darum holte er seinen köstlichen Schatz erst in der Dunkelheit hervor, um Jupp und mich zu einem Nachtmahl einzuladen. Abwechselnd und schweigend löffelten wir, obwohl wir sofort gemerkt hatten, daß das Zeug längst gegoren war. Aber wer hätte in solch einer Zeit ein Glas mit Rhabarber weggeworfen!
Die Wirkung setzte bei Hansi, Jupp und mir ungefähr gleichzeitig ein. Es war unmöglich, in kurzer Zeit über die Schläfer in den Gängen hinweg das Klo zu erreichen, das sowieso immer besetzt war. Wir rissen das Fenster auf, lehnten uns hinaus und würgten, daß es uns fast zerriß. Der Wind drückte aber einiges ins Abteil zurück, und wir und die Mitreisenden kriegten es ab. Der allgemeine Aufstand war schlimm, doch in unserem Zustand spürten wir die Schläge und Stöße kaum.
Dann hingen wir schlaff und elend in unseren Sitzen und warteten auf einen gnädigen Tod. Die Nacht wollte kein Ende nehmen. Manchmal hielt der Zug irgendwo auf der Strecke an, zweimal, dreimal bremste er jäh auf kleinen Bahnhöfen, und Gepäck und Reisende kugelten durcheinander. Uns war das egal. In unseren Gedärmen tobte es wild. Ich schwor, nie mehr in meinem Leben Rhabarber zu essen. Den Rest dieser

Zugfahrt überstand ich wie ein Ohnmächtiger. Am nächsten Nachmittag erreichten wir Ulm. Wie ich mit meinen Wackelbeinen überhaupt aussteigen konnte, blieb ein Rätsel. Wir standen dann in einer endlosen Warteschlange, weil es nur einen einzigen Wasserhahn gab, an dem wir uns ein bißchen waschen konnten. Frauen verteilten aus Waschkörben Butterbrote. Jupp, Hansi und ich wollten aber keine Butterbrote haben, weil uns bei dem Gedanken ans Essen die Mägen in die Hälse stiegen.

Dann wurden wir in Gruppen zu ungefähr fünfzig Leuten eingeteilt, Jungen und Mädchen getrennt. Ein baumlanger Schreihals, der seine Mütze wie eine Fahne schwenkte und uns zur Eile antrieb, führte uns zu einem anderen Bahnsteig. Dort warteten wir dann rund zwei Stunden auf einen Bummelzug mit der Großmutter aller Lokomotiven vorn dran. Nach Ravensburg werde unsere Gruppe gebracht, schrie der Schreihals bei der Abfahrt.

Erschöpft und schlapp streckten wir uns auf den Sitzen aus. Zum Glück war in diesem Zug Platz genug. Ich hörte die begeisterten Überraschungsrufe der anderen Jungen, die sich gegenseitig die Landschaft links und rechts des Zuges zeigten: die Kühe in der Abendsonne vor lichten Laubwäldern, die Wildenten im Sturzflug über grünen Weihern, die Erntewagen auf der Heimfahrt zu den Scheunen, gezogen von schlanken Ochsen mit spitzen Hörnern. Ach ja, das alles war doch so neu für die Großstädter, in deren Köpfen noch die Bombennächte spukten. An Hansi, Jupp und mir rauschten die schönen Bilder vorbei, ohne daß wir sie wirklich wahrnahmen. Unsere Lebensgeister meldeten sich erst allmählich zurück.

Die Suppe spät am Abend, in der richtige Fleischstücke

schwammen, half gegen das Heimweh. Wir schliefen dann auf Feldbetten in einer Schule, traumlos und schwer wie Blei, und wachten erfrischt und beinahe staunend auf, als ganz in unserer Nähe Hähne krähten.

Milchkaffee und knirschende Brötchen, die noch warm waren. Die schwäbelnden Frauen, die uns Apfelkuchen mit auf den Weg gaben, winkten, als wir jeweils zu zehnt auf Leiterwagen, die von stinkenden Traktoren gezogen wurden, Ravensburg verließen. Unsere Fuhre rollte nach Norden. Auf einmal waren wir voll übersprühend guter Laune, schwadronierten albern und sangen sogar, denn das Ziel der Reise war nah. Die freudig-bange Erwartung überspielten wir mit Witzen von Tünnes und Schäl. Bei jedem Ortsschild kreischten wir los, obwohl das dem Traktorfahrer offensichtlich nicht gefiel: Blitzenreute, Mochenwangen, Wolpertswende, Mendelbeuren, Blönried, Guggenhausen... Stechmücken und blutsaugende Fliegen fielen über uns her, die Sonne knallte weiß und unerbittlich, und die Fahrt dauerte viel länger, als wir gedacht hatten. Dann endlich, Mittag war vorbei, tuckerte der Traktor auf dem Marktplatz eines Dörfchens mit zwanzig Häusern und einer Kirche mit Zwiebelturm aus. Da standen gaffende Leute und erwarteten uns.

»Guckt euch diese Schädel an!« knurrte Jupp.

Jupp hatte recht. Die kichernden Kinder und die Frauen mit den bohrenden Blicken wirkten in der Tat wie Menschen aus einer sehr fremden Welt, und von dem, was sie sich und uns zuriefen, verstand ich so gut wie nichts. Ich kam mir vor wie ein Affe im Kölner Zoo, der von neugierigen Leuten angestarrt wird. In meinem Magen bullerte plötzlich ein Zentnerstein. Ein paar Männer mit Strohhüten warteten neben der Kirchentür.

Bauern, ganz klar: Bauern. Auf Bauernhöfen sollten wir uns erholen und sattessen. Jupp, Hansi und ich blinzelten uns mit gemischten Gefühlen zu.

»Wir müssen unbedingt zusammen bleiben!« sagte Hansi beschwörend. Er fürchtete sich, das war zu sehen.

»Ich bin auch dafür«, flüsterte Jupp. Er erschrak sichtbar, als der stämmige Pfarrer mit aufgekrempelten Soutanenärmeln aus dem Pfarrhaus trat und uns fröhlich zuwinkte.

»Hier bringe ich die Städter!« rief der Traktorfahrer dem Pfarrer zu. »Zehn Stück, wie's gefordert war.«

»Willkommen in unserer Gemeinde!« Der Pfarrer schaute uns der Reihe nach ins Gesicht und nickte wohlwollend. Dann hielt er uns eine Begrüßungsansprache, die sich wie eine Predigt anhörte und in der dauernd etwas von »tätiger Nächstenliebe« vorkam. Und daß die Bauern uns gern auf ihren Höfen aufnähmen, das erklärte er uns auch, bevor er uns einlud, ihm ins Pfarrhaus zu folgen.

Im Gänsemarsch liefen wir hinter dem Pfarrer her in ein großes Zimmer mit vielen Heiligenbildern und schweren dunklen Stühlen, in dem es nach Weihrauch duftete. Die Männer, die bei der Kirchentür gewartet hatten, waren uns zögernd gefolgt. Wir bekamen Birnensaft zu trinken und mußten uns anschließend an der Wand aufstellen. Die Bauern begutachteten uns, als spielte sich das alles auf dem Viehmarkt ab.

»Den da nehm ich!« erklärte ein Hakennasiger und zielte mit beiden Händen auf den Längsten von uns. »Wie heißt denn du?«

»Franz-Josef Kurowski«, antwortete der und griff nach den Riemen seines Rucksacks. Er war ziemlich weiß um die Nase und hatte Tränen in den Augen.

»Gut, dann gehst du mit dem Wirtlebauern, Franz-Josef«, sagte der Pfarrer und rief laut: »Rosena!«
Eine Frau von ungefähr hundert Jahren kam hurtig aus einem Nebenzimmer und sagte mit tiefer Stimme: »Grüß Gott miteinander!« Sie hatte Krümel auf dem Latz ihres braunen Kleides und trug ein schwarzes Kopftuch. Vom Traktorfahrer übernahm sie die Namensliste und schrieb hinter die Namen der Jungen jeweils die Namen der Bauern, zu denen die Unterernährten kamen. Denn es mußte ja alles seine Ordnung haben bis zu dem Tag in vier Wochen, an dem der Traktorfahrer uns wieder abholen würde. Die Frau, die Rosena hieß, war die Haushälterin des Pfarrers. Ich hatte den Verdacht, daß sie sich nachts in eine Fledermaus verwandelte.
Ein Bauer in blauer Strickweste mit Soßenflecken am Hemdkragen hob die Hand. Er schaute witzig aus mit dem kleinen Habichtskopf zwischen breiten Schultern. Er hatte die krummsten und kürzesten Männerbeine der Welt. Seine Hände waren Maulwurfsschaufeln. Mit merkwürdig hoher Stimme sagte er: »Zwei könnt ich gut gebrauchen.«
Das war der entscheidende Augenblick für uns!
»Wir sind Vettern«, erklärte Jupp rasch und zeigte auf Hansi und mich. »Es wurde uns versichert, daß man uns nicht auseinanderreißen würde.«
Der Bauer guckte verdattert. Erst nach einer Weile begriff er, was Jupp gemeint hatte. »Ich hatte sie mir aber älter vorgestellt«, sagte er zum Pfarrer. »Ist halt gut. Ich nehm sie alle drei mit heim.« Er fragte mich: »Sag, Bub, wie alt bist denn du?«
»Ungefähr zwölf«, sagte ich, »genau wie meine Vettern.«
»Das ist recht jung zum Schaffen«, murmelte der Bauer.

Ich verstand nicht, was er damit meinte. Jupp und Hansi verstanden es auch nicht. Aber wir ahnten das große Mißverständnis in diesem Augenblick bereits.
Dem Pfarrer gefiel es wohl auch, daß wir beisammen bleiben konnten. Er rieb sich die Hände und erklärte den Bauern: »Die drei Vettern aus Köln! Da geht's ja zu wie bei den Heiligen Drei Königen. Die werden nämlich von allen Kölnern verehrt.«
»Aber nicht von mir!« zischte Jupp mir zu.
Hansi kannte sich natürlich aus. »In einem goldenen Schrein werden ihre Gebeine aufbewahrt. Im Kölner Dom!«
»Brav!« lobte der Pfarrer. »Du kennst dich aus.« Er winkte alle zehn Jungen hinter sich her in die Diele, wo eine große Landkarte an der Wand hing. Über der Karte stand in gotischen Buchstaben: Das großdeutsche Reich. In eine Stelle, an der weder eine Stadt noch ein Dorf zu erkennen war, hatte jemand eine Stecknadel gebohrt. »Seht«, sagte der Pfarrer, »hier seid ihr jetzt. Und ganz da oben, da ist Köln.«
Als ob wir es nicht selber spürten, daß wir ganz weit weg waren von zu Hause! Nur gut, daß Jupp und Hansi bei mir waren!
Der Pfarrer reichte uns die Hand. »Dann geht mal schön mit dem Seppersbauern! Und am Sonntag sehen wir uns dann alle wieder beim Gottesdienst.«
Jupp brummelte etwas, das ich nicht verstand. Der Seppersbauer flüsterte etwas mit dem Pfarrer, das ich auch nicht verstand, weil sein Dialekt mir noch fremder als eine Fremdsprache vorkam. Dann nahmen wir unser Gepäck auf und trotteten hinter dem Bauern her zur Rückseite des Pfarrhauses, wo wir auf einen ziemlich verrotteten Kutschwagen klettern mußten, der von einem grauen Gaul mit Hängebauch gezogen

wurde und beim Fahren erbärmlich quietschte. Der Seppersbauer führte unterwegs Selbstgespräche.
Das muß ich sagen: Die Landschaft verzauberte mich geradezu. Wir kamen an einem Weiher mit blühenden Seerosen vorbei. Am Ufer dösten bunte Enten zwischen sattgelben Sumpfdotterblumen. Überhaupt, die Wiesen! Solche Blumenwiesen hatte ich noch nie gesehen. In der Ferne dehnte sich ein Waldgürtel wie eine Mauer. Davor erkannte ich ausgebleichte Schilfrohre, die ragten wie Millionen spitze Indianerspeere mit Wimpeln dran. Zur anderen Seite stieg das Hügelland an. Der Staub auf dem Weg tanzte wie Pulverschnee. Das graue Pferd köttelte. Von den Alleebäumen hingen Äpfel und Birnen und Pfirsiche geradezu in Trauben herab. Und die Sonne trieb uns wieder einmal den Schweiß aus den Poren. Dann und wann kamen wir an niedrigen Gehöften vorbei. Immer war es das gleiche: Ein Kettenhund bellte wie irr, auf dem Misthaufen scharrten fleischige Hühner, eine Frau mit Kopftuch rief einen unverständlichen Gruß.
Der Hof vom Bauern Seppers erwies sich als Enttäuschung. Er war schmuddelig und klein. Wohnhaus, Kuhstall und Schweinestall gingen ineinander über. Von allen Wänden hing der Putz locker herab und wurde wohl nur von den Weinranken festgehalten. Frau Seppers hatte Tomatenbäckchen, lachte uns fröhlich an und eilte dann her, um uns beim Gepäcktragen zu helfen, was bei unseren leichten Sachen überflüssig war. An der Stalltür lehnten drei Kinder. Sie waren barfuß und starrten uns lauernd an. Der Junge, dem man das Haar fast zur Glatze geschoren hatte, schien ungefähr in unserem Alter zu sein, die Mädchen mit den Zopfkränzen und den blauen Schürzen waren noch Winzlinge.

»Grüß euch Gott!« rief die Bäuerin. »Da bekommen wir aber drei tüchtige Schaffer!«
Die Ahnung flammte wieder auf. Jupp knuffte Hansi in die Seite, Hansi knuffte mich. Der Seppersbauer schob uns vor sich her in die düstere Stube. Wir durften uns unter dem Herrgottswinkel an den Tisch setzen und bekamen Milch zu trinken. Es war Magermilch. Dazu gab es trockene Brotschnitten und Sommeräpfel. Mit einem Bleistiftstummel mußten wir unsere Namen auf einen Zeitungsrand schreiben, damit die Bäuerin und der Bauer sie sich einprägen konnten. Wir erfuhren auch, daß die drei Kinder Albert, Marlies und Paula hießen.
»Der Herr Pfarrer hat gesagt, sie sind die Heiligen Drei Könige«, erklärte der Bauer seiner Frau und gab sich Mühe, hochdeutsch zu sprechen. »Weil sie nämlich aus Köln stammen.«
Frau Seppers gluckste. »Wer von euch ist denn der Schwarze?«
»Ich«, sagte ich, weil ich blond war.
»Jesusmaria!« Über meinen müden Witz lachte die Bäuerin laut. »Im Krieg hatten wir zwei Fremdarbeiter aus Polen. Die waren artig und anstellig.«
Was hatte das nun wieder zu bedeuten?
Auf dem Seppershof gab es keinen Hund, weil man keinen unnützen Fresser haben wollte, das erklärte uns der Bauer, als er uns die Ställe zeigte. Acht Kühe gab es im Stall und viele Schwalbennester an der Decke, und die Schwalben flogen aufgeregt schwätzend aus und ein. Wir erfuhren, daß die Kühe erst im Herbst auf die Weiden beim Ried getrieben würden, und zwar nur für den Nachmittag, gemolken werde im Stall, früh am Morgen müsse Futtergras hereingeholt werden für den Tag. Wir begriffen: Da kam Arbeit auf uns zu. Verwirrt

kraulten Hansi, Jupp und ich dem grauen Gaul das schorfige Fell. Er hatte eine Box am Kopfende des Kuhstalls. Sein Maul war wunderbar weich.
Bauer Seppers führte uns zum Hügel hinauf. Die drei Kinder folgten in großem Abstand und guckten geradezu feindselig. Mir kam es jedenfalls so vor. Reife Weizenfelder dehnten sich, Grillen zirpten, blinde Fliegen und Bremsen machten sich über unsere verschwitzten Arme und Beine her.
»Da fangen wir gleich morgen an mit dem Kornschneiden«, sagte der Bauer.
Jupp blickte mich an, ich blickte Hansi an.
Wir hatten dann Zeit, den Hof und die Umgebung anzuschauen. Die kleinen Mädchen waren nicht mehr zu sehen, aber Albert folgte uns noch immer, und ein paar andere Jungen mit verschlossenen Gesichtern waren bei ihm. Sie liefen alle auf nackten Füßen.
Wir verstanden es nicht, daß wir Kölner am Abend an einem Tischchen in dem Raum zwischen Wohnstube und Kuhstall sitzen mußten, in dem die Melkschemel an der Wand hingen und in dem leere Milchkannen, Filtertrichter und Ledergeschirre abgestellt waren. Plattgeschlagene Fliegen klebten an den gekälkten Wänden. Aus blechernen Näpfen löffelten wir Suppe, die aus verdünnter Milch, Graupen und gebrocktem Brot bestand, lauwarm und angebrannt war. Die Familie Seppers aß am Tisch in der Wohnstube.
»Ich wette, die polnischen Kriegsgefangenen haben auch an diesem Tisch ihren Fraß gekriegt«, knurrte Jupp. »Riecht ihr auch, was ich rieche?«
Ich schnupperte in Richtung Wohnstube. »Gebratene Eier! Die futtern gebratene Eier. Und wir...«

»Wir schlabbern dieses Herzjesusüppchen!« Jupp nickte bedeutungsvoll. »Wir sind ja auch bloß so doofe Städter.«
»Du sollst solche Ausdrücke nicht sagen!« Hansi schaute Jupp empört an. »Das mit dem Süppchen meine ich. So was ist sündhaft.«
Jupp zeigte Hansi den Vogel. »Komm mir bloß nicht so klerikal, du Meßdiener! Das Süppchen ist sündhaft und sonst gar nichts. Die halten uns wohl für Ersatzmänner für ihre polnischen Fremdarbeiter. Was sagst du dazu, Gereon?«
»Jedenfalls hab ich mir Erholung und Sattessen anders vorgestellt«, murmelte ich und gab mir viel Mühe, die Suppe trotz allem lecker zu finden. Ich war Schlimmeres gewöhnt. Aber Jupps Empörung hatte mich angesteckt. »Wenn die meinen, die können mit uns machen, was sie wollen, dann werden die sich noch wundern!« knurrte ich.
Tröstlich fand ich dann Paulas Streichelfinger. Sie stand an der Treppe, als die Bäuerin uns das Nachtquartier im Dachzimmer zeigen wollte. Paula war das kleinere der beiden Mädchen. Sie strich mit dem Finger über meinen Arm und lächelte mir zu. Da wurde mir warm in der Brust, aber gleichzeitig mußte ich an zu Hause denken, an die Eltern und auch an die Schwestern, obwohl sie viel älter waren als Paula, sogar älter als ich. Das Heimweh schmerzte in meinem Magen.
Dann setzte beinahe mein Herzschlag aus. Ich glaube, Hansi und Jupp ging es ähnlich. Da lag nämlich ein Greis in dem Dachzimmer in einem Bett, der mußte tausend Jahre alt sein. Sein Ledergesicht schien nur aus der gewaltigen Nase zu bestehen. Der zahnlose Mund stand offen, rasselnde Schnarchtöne drangen aus dem Schlund. Doch der alte Mann schlief nicht. Seine Vogelaugen schauten uns fast belustigt an.

»Mit dem Großvater werdet ihr euch gewiß vertragen«, sagte die Seppersbäuerin und zeigte auf das zweite Bett, das unter der anderen Seite der Dachschräge stand. »Und dort schlaft ihr.«
Wir drei in einem Bett? Das war Schreck Nummer zwei, dem gleich der nächste folgte. Wir erfuhren nämlich, daß wir den Nachttopf am Bett des Großvaters benutzen sollten, wenn wir nachts mal müßten, denn die Haustür werde abgeschlossen, und den Schlüssel verwahre der Bauer bei sich. Das Plumpsklo befand sich ja auf dem Hof draußen. Hatten sie etwa Angst, daß wir verdufteten?
Die Bäuerin wünschte uns einen guten Schlaf und nahm die Petroleumlampe mit. Das Licht des dünnen Mondes fiel durch das Dachfenster.
»Lieber strulle ich in die Ecke, als daß ich diesen ekligen Pißpott benutze«, fauchte Jupp.
Hansi zog sein Hemd aus, die Hose behielt er an. »Was hat denn dieser Holzkasten zu bedeuten?«
Im spärlichen Mondlicht konnten wir nicht erkennen, wofür die kleine Kiste zu gebrauchen war, die neben dem Nachttopf stand. Aber wir erfuhren es bald. Der alte Mann benutzte sie als Spucknapf. Ihr Boden war offenbar mit Sägemehl bedeckt. Später lagen wir aneinandergequetscht in dem Bett, das bei jeder Regung knirschte und stöhnte. Hansi berührte mit dem Kopf fast die schräge Wand, ich lag in der Mitte, Jupp hatte es am besten. Die Luft war zum Schneiden dick, säuerlicher Gestank drang durch die Nase bis ins Hirn, im Gebälk über uns tobten Mäuse. Schweißnaß klebten wir Haut an Haut: Ölsardinen in der Dose.
Ich hatte den Eindruck, daß Hansi die Hände gefaltet hatte

und betete. In meinem Bauch gluckerte die Magermilch. Ich gab mir alle Mühe, ganz flach und nur durch den Mund zu atmen.
»Ich schätze, wir sind in die Falle gegangen«, flüsterte Jupp. Seine Stimme hörte sich an, als ob er kurz vor dem Heulen war.
»Und wie!« antwortete ich. Auch meine Stimme klang anders als sonst.
Erstaunt merkte ich auf einmal, daß Hansi und Jupp eingeschlafen waren. Ich konnte nicht schlafen, obwohl ich todmüde war. Alle zehn Minuten spuckte der Großvater in die Kiste, alle Viertelstunden benutzte er den Nachttopf. Es war grauenhaft. Ich starrte zu dem Rechteck in der Dachschräge hinauf, wo ich vier Sterne und die dünne Mondsichel sehen konnte. Aber bald verschwand der Mond, und meine Traurigkeit nahm zu.
Ich dachte: Wenn ich doch jetzt zu Hause wäre!

Über den Fluß und in die Wälder

Das Knarren der Tür riß uns vom Bett hoch. Der Seppersbauer stand da im grauen Frühlicht und erklärte uns lärmend, daß es Zeit zum Aufstehen sei, weil das Futtergras für die Kühe geholt werden müsse. Zuerst hatten Jupp, Hansi und ich Mühe, wirklich zu begreifen, wo wir waren und warum wir hier waren. Der Großvater stöhnte wie ein Erstickender. Fast ohnmächtig folgten wir dem Bauern nach unten, wo wir uns am Spülstein in der Küche flüchtig wuschen. Die Morgenkälte drang durch bis auf die Knochen. Das Pferd mit dem Hängebauch war schon angeschirrt. Bibbernd kletterten wir auf den Leiterwagen.
»So hab ich mir Erholung schon immer vorgestellt!« fauchte Jupp. Seine Haare standen hoch wie Igelborsten.
Der Gaul kannte den Weg. Er trottete bergab, der Ebene mit den Schilfgräsern zu. Erstaunt stellten wir fest, daß hier ein Flüßchen von Süden nach Norden floß: müde, geräuschlos, dicht mit Unterwasserfarnen bewachsen.
»Das ist die Ostrach«, sagte der Bauer. »In die Donau mündet sie. Und dahinter ist das Ried. Früher haben wir dort Torf gestochen. Gefährlich ist's da! Mancher ist nicht zurückgekommen aus dem Sumpf.«
Das taunasse Gras duftete würzig. Während das graue Pferd die Rinde eines Erlenbaumes zu benagen begann, schwang Bauer Seppers die Sense. Wir harkten das Gras zusammen und luden es auf den Leiterwagen. Unsere Hemden und Hosen

konnte man bald auswringen. In den Schuhen quietschte das Wasser. Zum Glück gewann die Morgensonne bald an Kraft und Wärme. Wildtauben lärmten im Schilf. Glockengeläute wimmerte blechern über die Ebene. Ich merkte, daß Hansi hastig ein Kreuzzeichen machte. Als wir mit dem halbvollen Leiterwagen zum Seppershof zurückfuhren, sahen wir, daß aus den Schornsteinen aller Gehöfte Rauch aufstieg.
Zum Frühstück durften wir am Tisch in der Wohnstube sitzen. Die Bäuerin wuchtete eine gewaltige Kupferpfanne auf den Tisch, darin blubberte es weißlich und bräunlich, und ich schnupperte schon wieder angebrannte Milch. Es gab keine Teller. Jeder löffelte aus der Pfanne. Ich schmeckte Speckstückchen und Zwiebeln.
»Hafermus ist das«, erklärte die Bäuerin. »Das Bauernessen am Morgen. Das gibt Kraft für die Arbeit. Ihr Städter kennt das nicht, gelle?«
Wir schüttelten den Kopf. Zerquetschte Haferkörner, Milch und Salz, glasiger Speck und gehackte Zwiebeln. Wahrscheinlich kein schlechtes Essen, wenn nur die Milch nicht so verbrannt geschmeckt hätte. Zwischendurch stellte Frau Seppers die Pfanne noch einmal zum Heißwerden auf den Herd, in dem das Holzfeuer bullerte, und der Haferbrei schmurgelte und brodelte und war dunkelbraun, als wir weiteressen konnten.
»Das sieht aus, als ob es schon mal einer gegessen hätte«, flüsterte Jupp mir zu.
»Riecht auch so«, gab ich zurück.
Hansi stieß wieder und wieder mit dem Löffel zu und hatte schon eine Furche bis zur Mitte der Pfanne gegraben. Wahrscheinlich war er noch ärger unterernährt als Jupp und ich.

Albert und die kleinen Mädchen hatten es gut, sie durften ausschlafen. Zum Teufel, war Albert nicht so alt wie ich? Offenbar konnte er seine Ferien genießen, während wir Fremdarbeiter als unbezahlte Hilfskräfte die Maloche machen sollten. Jupp hatte es richtig erkannt: Wir waren in die Falle gegangen.

Die Kühe hatten ihr Gras bekommen, die Schweine ihren Schlabber aus Küchenabfällen, die Hühner ihre Körner. Also legten auch wir die Löffel hin und fuhren zum Weizenfeld hinaus. Die Bäuerin hatte sich ein weißes Tuch um den Kopf geschlungen und trug darüber einen Strohhut. Sie sah aus wie eine Missionarin in Afrika. Bauer Seppers schirrte das Pferd aus und ließ es am Ackerrand grasen. Dann spielte er uns den schnellsten Schnitter von Württemberg vor.

Er hatte einen merkwürdigen Apparat aus Draht und Holzleisten auf seine übergroße Sense geschraubt, der machte es möglich, daß die Ähren schön glatt zur gleichen Seite kippten.

Frau Seppers zeigte uns, wie wir mit einem Handgriff einen Strauß Weizenhalme zu einem Seil drehen konnten, mit dem wir einen satten Armvoll Weizen zu einer Korngarbe binden mußten. Es sah leicht aus und war schwer.

Der krummbeinige Sensenmann legte ein höllisches Tempo vor, wir kamen kaum nach. Die ungewohnte Arbeit machte uns schon nach einer halben Stunde fix und fertig. Der Apfelmost aus dem Tonkrug erfrischte kein bißchen, sondern stieg uns in den Kopf.

Frau Seppers arbeitete wortlos und rasch und schaute uns vorwurfsvoll an, wenn wir eine Pause einlegten, um die verspannten Arme zu dehnen und den Rücken zu strecken.

Das Weizenfeld erschien mir endlos. Das würden wir in vier Wochen kaum abernten! Ferien waren uns versprochen worden in ländlicher Umgebung, Ferien mit Erholen und Sattessen. Ich begriff jetzt, wie sich Negersklaven auf den heißen Baumwollfeldern gefühlt haben müssen. Mir war auf einmal ihr brennendes Verlangen, die Ketten abzustreifen, glasklar in meiner Vorstellung. Und da entstand ein starker Gedanke in meinem Kopf.

Ich schaute zu Hansi und Jupp hinüber. Dachten sie Ähnliches wie ich? Wahrscheinlich! Auf jeden Fall begann an diesem heißen Vormittag der Funke zu glimmen, der nach und nach helle Lichter in unseren Köpfen entzündete. Das Angelusläuten von der fernen Dorfkirche unterbrach zunächst unsere Qual. Ich konnte schon nicht mehr gerade stehen. Hansi bekreuzigte sich dieses Mal nicht.

Unser Mittagessen bekamen wir an unserem Fremdarbeitertisch im Vorraum: kalte Milch, in die heiße Kartoffeln getunkt waren. Und es war wieder Magermilch! Ich langte trotzdem zu. Ich weiß nicht, was die Bauersleute und ihre Kinder vorn in der Stube aßen, doch es war etwas anderes, das konnten wir riechen. Marlies und Paula brabbelten während des Essens Geschichten, die offenbar lustig waren, denn die Bäuerin lachte manchmal.

Sie lachte auch, als sie uns dann aufforderte, mit Albert zum Baden zu gehen. »Ein Bad zwischen dem Schaffen, das erfrischt. Der Albert zeigt's euch, wo man im Fluß fein baden kann.«

Albert hatte bisher kein Wort mit uns gesprochen. Er redete auch auf dem Weg zur Ostrach nicht.

Bei einem Wehr war das Wasser ein wenig gestaut. Wenn

man sich ganz flach aufs Wasser legte, konnte man sogar ein paar Züge schwimmen. Doch zum Schwimmen kamen wir nicht. Wir zogen uns zwar splitternackt aus, wie Alberts Freunde es auch getan hatten, die bereits im Wasser plantschten, und nur Hansi behielt die Unterhose an, doch als wir in den Fluß hüpfen wollten, machten die Bauernjungen plötzlich wie auf ein geheimes Kommando Front gegen uns. Dies sei ihre Badeanstalt, schrien sie uns an, Städter hätten hier nichts zu suchen, weil alle Städter Stinker und Hosenscheißer seien.
Sie höhnten im Chor: »Die Heiligen Drei Könige, die haben Scheiß am Bein!« Also kannten sie die blöde Bemerkung des Pfarrers schon. »Großstadtsimpel!« schrien sie und kreischten vor Spaß über einen so tollen Witz. »Käsfötte sind's, die Großstädter aus Köln!«
Albert rief nicht mit den anderen, aber er verteidigte uns auch nicht gegen die feixenden Brüller, obwohl wir doch Gäste seiner Familie waren. Aber waren wir das wirklich? Die Plantscher fingen an, uns mit Matschklumpen zu bewerfen.
»Kommt lieber«, knurrte Jupp, »eh ich mich vergesse und denen was auf die Nase haue!«
Wir rafften unsere Sachen und zogen uns in die Wiese zurück. Auf das Triumphgeschrei, das sie uns vom Stauwehr her nachschickten, achteten wir nicht weiter. Albert blieb bei seinen Kumpanen. Wir trödelten den Weg hinauf und schwiegen erst einmal.
Dann blieb Jupp plötzlich stehen und sagte: »Ich hab die Schnauze voll.«
»Ich hab auch die Schnauze voll«, sagte Hansi. »Was ist mit dir, Gereon?«

»Ich hab sie erst recht voll«, sagte ich. »Erholen und sattessen wollte ich mich. Und jetzt das! Prost Mahlzeit!«
Jupp nickte. »Gut, dann sind wir uns ja einig. Und wie kommen wir hier weg?«
An der Antwort auf diese Frage kauten wir ungefähr eine Stunde herum. Wir lagen im Schatten unter Haselnußbüschen und grübelten und machten Pläne und verwarfen sie wieder. An die Leute vom Roten Kreuz konnten wir uns nicht wenden, wir wußten ja nicht, wie und wo wir sie erreichen könnten. Abgemacht war nur, daß man uns in vier Wochen wieder einsammeln würde. Sollten wir mit dem Pfarrer reden? Das ging nicht, denn wenn der mit den Bauern unter einer Decke steckte, kämen wir vom Regen in die Traufe. Für die Eisenbahn hatten wir kein Geld, und es war uns auch gar nicht klar, ob es überhaupt Zugverbindungen gab. Die Reise mit dem Sonderzug hatten wir nicht gerade in guter Erinnerung. Außerdem würde der Bauer es bestimmt sofort weitermelden, wenn wir unsere Sachen einpackten und abrückten. Auf Bahnhöfen würden die Polizisten uns sofort fassen.
»Wir schreiben nach Hause, damit uns einer abholt«, schlug Hansi vor.
Da konnte ich nur müde lachen. »Weißt du, wie lange heutzutage so ein Brief quer durch Deutschland dauert? Zwei, drei Wochen garantiert, falls er überhaupt ankommt. Ich kenne auch keinen, der ein Auto hätte und uns holen könnte. Wer hat schon ein Auto!«
»Mein Vater könnte sowieso nicht kommen«, sagte Jupp. »Der ist heilfroh, daß er 'ne Arbeit beim Straßenbau gefunden hat.«
»Meiner könnte erst recht nicht kommen!« Ich stemmte mich

auf die Ellenbogen. »Der ist beim Elektrizitätswerk und repariert Starkstromleitungen. Der ist unabkömmlich.« Ich schaute zu Hansi hinüber.
»Mein Vater«, sagte Hansi ganz leise, »ist noch nicht aus dem Krieg zurück. Kann sein, daß er gar nicht mehr lebt.«
»Es kommen aber immer noch Heimkehrer aus Rußland zurück«, versuchte Jupp zu trösten.
Hansi gab keine Antwort.
Eins war seltsam. Auf die Idee, uns beim Seppersbauern und seiner Frau zu beschweren und auf unser Recht auf Ferien und Erholung zu pochen, kamen wir überhaupt nicht. Vielleicht wußten wir zu genau, daß sie uns nicht verstehen würden.
»Wir hauen heimlich ab!« entschied Jupp. »Noch heute abend. Wenn wir eine Nacht Vorsprung haben, schnappen sie uns nicht mehr. Macht ihr mit, oder seid ihr Waschlappen?«
Ich brauchte nicht lange zu überlegen. »Ich mache mit.«
»Aber wir kennen ja den Weg gar nicht!« Hansi guckte uns ein bißchen ängstlich und ein bißchen hoffnungsvoll an. Doch ihm war anzusehen, daß er auf keinen Fall allein zurückbleiben würde.
»Wir brauchen eine Landkarte«, erklärte Jupp.
»Im Pfarrhaus hängt eine!« Das zuckte wie ein Blitz durch mein Gehirn. »Die müssen wir uns organisieren. Und Streichhölzer müssen wir für unterwegs haben. Wenn wir mal Feuer machen wollen und wenn wir...«
Jupp unterbrach mich grinsend und faßte in die linke Tasche seiner großräumigen Hose. »Hier, Kameraden! Das ist ein Präriefeuerzeug von den Amis. Funktioniert sogar bei Sturm und Orkan.« Dann griff er in die rechte Hosentasche und zog

ein großes Taschenmesser mit Hirschhornheft hervor. Es hatte zwei Klingen und allerlei Werkzeuge einschließlich eines Dosenöffners. »Was sagt ihr dazu?«
»Alle Achtung!« sagte ich.
Hansi hatte sozusagen auch noch ein As im Ärmel. »Eine Taschenlampe brauchen wir auch unbedingt. Und jetzt ratet mal, wer eine hat!«
»Du hast eine, Hansi!« Ich klopfte ihm auf die Schulter. »Du hast eine in deinem Tornister. Richtig geraten?«
Hansi lächelte selig.
Jupp zählte es an den Fingern auf, was wir dringend vor unserer Flucht noch beschaffen mußten: einen Topf, Proviant für den ersten Tag und Salz. »Salz dürfen wir auf keinen Fall vergessen. Was immer wir unterwegs an Eßbarem auftreiben: ohne Salz schmeckt es nicht. Für einen Waldläufer ist Salz das weiße Gold.«
Waldläufer! Das Wort gefiel mir sehr, vor allem machte es Mut. Ich dachte es immer wieder an diesem Nachmittag, als wir noch und noch Weizenhalme zusammenrafften und zu Garben banden. Mehrere Male war ich drauf und dran, die Arbeit zu verweigern und mich lauthals über den Mißbrauch meiner Ferien zu beschweren, doch wenn Hansi, Jupp und ich uns dann Verschwörerblicke zuwarfen, schuftete ich wortlos weiter. Die letzten Stunden mußten wir durchhalten und dann würden wir über alle Berge sein.
Wenn ich zuerst noch Zweifel hatte, daß unser Plan auch wirklich in Ordnung war, so verflogen die bald. Meine Haut war zerstochen, als hätte ich die Masern, und mein Rücken war so krumm, daß ich schon befürchtete, nie mehr wieder aufrecht gehen zu können. Ich sah es meinen Freunden an,

daß sie nicht weniger litten als ich. Der Seppersbauer senste wie ein Wilder, die Bäuerin trällerte beim Garbenbinden zu allem Überfluß auch noch das dämliche Lied von der schwäbischen Eisenbahn und ähnlichen Unsinn.

Als wir endlich Feierabend hatten, weil die Melkzeit gekommen war, erklärten wir dem Bauern, wir müßten mal dringend zum Pfarrhaus, weil dort ein Treffen mit den anderen sieben Jungen aus Köln stattfinde. Der Bauer nickte nur.

»Aber kommt rechtzeitig zum Nachtessen zurück!« mahnte Frau Seppers. »Die Milch brennt sonst an.«

Also schon wieder Magermilch! Mir war zum Lachen und zum Heulen zumute, aber ein bißchen mehr zum Lachen. Das würde bestimmt die letzte Magermilchsuppe meines Lebens sein.

Ungefähr drei Kilometer lang war der Weg zum Dorf. Im Traben dachten wir uns eine Taktik aus, wie wir unbemerkt die Landkarte aus dem Pfarrhaus klauen könnten.

Jupp hatte eine Idee. »Hansi geht zum Pfarrer rein und fragt, ob er mal schnell beichten könnte, weil er 'ne Todsünde begangen hat. Und Gereon und ich, wir warten in der Diele, bis die Beichte angefangen hat, und dann verduften wir mit der Karte. Na?«

»Spinnst du?« Hansi schrie Jupp an. »Damit darf man nicht spaßen. Der Plan ist Scheiße!«

Jupp blieb aber bei seiner Grundidee, daß Hansi mit seiner Erfahrung mit Kirchenpersonal derjenige sein müßte, der den Pfarrer ablenkte. »Kannst du ihn nicht fragen, ob du hier auch mal als Meßdiener auftreten darfst? Sag einfach, du kämst sonst aus der Übung!«

Dieser Vorschlag überzeugte mich. Jupp und ich redeten auf

Hansi ein, und als wir beim Pfarrhaus ankamen, gab Hansi endlich nach.
Und er spielte seine Rolle gut.
Wir klingelten beim Pfarrhaus. Der Pfarrer, dieses Mal nicht im schwarzen Talar, sondern mit vorgebundener Chemisette und schwitzend und kauend, öffnete selber. Von der Fledermaus war nichts zu sehen, aber einen weißhaarigen Mann erkannten wir im Arbeitszimmer des Pfarrers, der hatte auch schon bei unserem Empfang unter den Bauern gestanden. Anscheinend störten wir ihn und den Pfarrer bei einer Schachpartie.
»Ah, da sind ja die Heiligen Drei Könige aus Köln!« rief der Pfarrer aus.
»Ich habe eine persönliche Frage«, sagte Hansi.
Und so, wie wir uns das vorgestellt hatten, geschah es. Der Pfarrer zog den Hansi mit seiner persönlichen Frage ins Arbeitszimmer und machte die Tür hinter sich zu.
Jupp und ich standen allein in der dämmrigen Diele des alten Sandsteinhauses und hatten Zeit genug, die Reißzwecken von der Wand zu lösen und die Landkarte einzuwickeln. Um sie nicht zu zerknicken, schob ich sie mir vom Hemdkragen aus bis ins linke Hosenbein.
Als Hansi Minuten später aus dem Arbeitszimmer geschoben wurde, etwas verblödet lächelte und drei Blutwurstbrötchen in den Händen hielt, stürmten Jupp und ich schon mit lautem »Grüß Gott!« zur Haustür hinaus. Der Pfarrer dachte wohl mehr an den schwarzen Springer als an die Landkarte und merkte nichts.
»Geschafft!« jubelte Jupp. »Wie war's bei dir, Hansi?«
Hansi schaute schuldbewußt in die Wolken. »Ich darf beim

Hochamt am Sonntag ministrieren. Ihr habt mich zu einem Lügner an einem Priester gemacht!«

»Der Zweck heiligt die Mittel«, sagte ich, weil mir nichts Besseres einfiel. Ich verstand, daß Hansi sich nicht wohl fühlte in seiner Haut.

Wir kamen früh genug auf dem Seppershof an. Aus der Küche duftete es nach Speck, aber da war auch wieder der Geruch von angebrannter Magermilch, und ich brauchte auch nicht lange zu rätseln, welches Essen für die Landarbeiter aus Köln bestimmt war. Immerhin war Butter auf den Brotscheiben, die wir zu der Milchsuppe bekamen.

An der Stubentür lehnte die kleine Paula, streichelte mich wieder und piepste: »Gell, du büscht lüb?«

»Ja«, antwortete ich und tippte ihr auf die Nase, »üsch bün lüb.«

Der Greis sah uns und blickte mild, als wir ins Dachzimmer kamen. Er sagte nichts. Wahrscheinlich konnte er schon lange nicht mehr sprechen. Die Mondsichel, so dünn sie war, strahlte uns alles Licht zu, das sie aufbringen konnte. Flirrende Sterne unterstützten sie. Wir hockten im Schneidersitz auf dem Bett und warteten. Hansi kramte die Taschenlampe aus dem Militärtornister und richtete den Schein auf die Landkarte, die wir vor uns ausgebreitet hatten.

»Habt ihr Ahnung vom Kartenlesen?« fragte Jupp.

Ich hatte keine, Hansi hatte auch keine.

»Da könnt ihr froh sein, daß ich bei euch bin«, verkündete Jupp ziemlich selbstherrlich. »Oben ist immer Norden, unten ist immer Süden. Osten ist rechts, und dann bleibt nur noch links für den Westen. Soweit alles klar?«

»Spiel dich nicht so auf«, sagte Hansi.

Jupp tat, als hätte er das nicht gehört. »Seht ihr das kleine Loch von der Stecknadel, das der Pfarrer uns gezeigt hat? Hier! Verdammt weit im Süden. Und jetzt peilt mal dort hin, wo Köln liegt. Hier!«
»Verdammt weit im Norden«, sagte ich.
»Ja, verdammt weit! So satte fünfhundert Kilometer.« Jupp schien geradezu zu frohlocken.
»Das schaffen wir nie«, murmelte Hansi traurig.
»Ach, nein?« Jupp genoß das Spielchen, das er mit uns trieb. »Jetzt guckt mal nach Westen. Westen ist links. Was seht ihr denn da?«
Hansi buchstabierte mühsam, was er da ablesen konnte. »Sch... Sch... Schwarzwald. Heh, wir wollen doch nicht in den Schwarzwald!«
»Noch weiter links«, sagte Jupp ungerührt.
Da begriff ich es! Da floß der Rhein. Richtig schön von Süden nach Norden. Und da ich zumindest ganz genau wußte, daß Köln am Rhein liegt und daß jede Menge Schiffe den Rhein befahren, wurde mir klar, was Jupp sich ausgedacht hatte.
»Wir müssen an den Rhein kommen und dann ein Schiff ergattern!« schrie ich fast.
»Gereon hat's erfaßt«, gab Jupp gnädig zu. »Wir wenden uns quer durch den Schwarzwald nach Nordwesten dem Rhein zu. Hier, Richtung Freiburg ungefähr. Das sind knappe hundert Kilometer. Ein Klacks für Waldläufer! Den Rest der Strecke erledigen wir mit dem Schiff. Noch Fragen?«
Noch Fragen! Das hörte sich richtig wie unter Fachleuten an. Waldläufer, die das gefährliche Indianerland durchqueren müssen, sich aber eine geniale List ausgedacht haben. Also keine Fragen.

»Ich hab gesehen, wo die Sonne untergegangen ist«, erklärte Hansi eifrig. »Die Sonne geht im Westen unter.«
»Da wär ich nie drauf gekommen!« höhnte Jupp. »Was willst du damit sagen?«
»Daß wir über den Fluß müssen und durch das Sumpfgebiet«, sagte Hansi. »Der Bauer hat uns vor dem Ried gewarnt, weil's da gefährlich ist.«
Ich gab mir einen Ruck, damit meine Stimme mutig klang. »Es wird viel geredet. Man muß nicht alles glauben. Über den Fluß und dann in die Wälder. Und ich schätze, daß jetzt alle eingepennt sind. Wer besorgt die Sachen aus der Küche?«
Wir machten Schere-Brunnen-Papier. Ich verlor und nahm tapfer Hansis Taschenlampe. Die Tür knarrte wie eine Windmühle. Ich hielt den Atem an und lauschte. Nichts! Außer dem Geraschel der Mäuse und dem Geröchel des Großvaters war nichts zu hören. Also vorsichtig die Treppe hinunter! Ich spürte, wie mein Herzschlag in den Ohren dröhnte und wie sich mein Magen zusammenzog, doch darauf konnte ich keine Rücksicht nehmen. Jetzt kam es auf mich an!
Aus dem Zimmer, in dem die Bauersleute schliefen, drang ein leises Gemisch aus Gewinsel und Gepfeife, was auf tiefen Schlaf schließen ließ. Ich legte das Ohr an die Tür des Kinderschlafzimmers und vernahm nur das Knirschen der Strohmatratze. War da etwa noch jemand wach? Ich nahm allen Mut und alle Geschicklichkeit zusammen und schlich weiter zur Küche. Dort mußte ich ganz besonders aufpassen, denn Geschirr und Küchengeräte können unter Umständen Tote aufwecken mit ihrem Gescheppper.
Da, der kleine Blechtopf! Der ist richtig.

Da, das Salzfäßchen! Das muß mit.
Da, ein Kringel Dauerwurst und ein halber Brotlaib! Her damit!
Ich entdeckte im Wandbord auch noch ein Stück Käse, das ließ ich aber liegen, weil es scheußlich stank. Schweiß lief mir in die Augen, als ich wieder zur Dachkammer schlich.
»Gute Arbeit!« lobte Jupp.
Wir hatten schnell unser Gepäck verschnürt. Jetzt war der entscheidende Augenblick gekommen. Im Erdgeschoß waren die Blendläden zugeklemmt. Die konnten wir nicht öffnen, die machten zu viel Krach. Wir hatten ausgekundschaftet, daß das Fenster vom Schlafraum des Bauern und der Bäuerin zur anderen Giebelseite lag und daß unter unserem Dachfensterchen der Misthaufen war, doch wir wußten nicht, ob nicht vielleicht die Ziegel der Dachschräge klappern würden.
Ich warf einen letzten Blick auf das friedliche Gesicht des Greises. Hansi krallte die Finger zum Stoßgebet zusammen. Jupp reckte sich hoch und stieß die Dachluke auf. Eine Katze schrie. Leiser Wind jaulte. Im Haus blieb es still.
Vorsichtig zog Jupp sich am Fensterrahmen hoch und verschwand durch die Luke. Die Dachbalken bebten, die Ziegel klingelten wie Weihnachtsglöckchen. Aber immer noch blieb es still im Haus. Dann erschien Jupps Kopf vor dem Sternenhimmel.
»Los, die Klamotten!« zischte Jupp.
Mit zittrigen Armen reichten wir ihm den Rucksack, den Tornister und den Seesack hoch. Es rauschte wie eine Schneelawine, als unsere Sachen über das Dach glitten und dann weich auf den Misthaufen plumpsten. Ich lauschte. Im Haus regte sich nichts.
»Kommt schon!« flüsterte Jupp.

Hansi stemmte sich stöhnend hoch. Jupp half von oben, ich half von unten. Dann faßte ich nach dem Fensterrahmen und turnte nach oben. Schwer atmend kauerten wir eine Weile auf dem Dach und kämpften gegen das Schwindelgefühl an. Dann machten wir uns so platt wie möglich und rutschten nebeneinander über die Dachziegel bis zur Regenrinne.
»Springen!« forderte Jupp. »Springen!«
Ich sprang zuerst. Ganz erstaunt stellte ich fest, daß es gar nicht so weit war von der Dachkante bis zum Misthaufen. Der Mist fing mich federnd auf. Hansi kam geflogen und machte eine Bauchlandung. Dann war auch Jupp da. Er knallte auf meinen Rücken und brach mir beinahe das Schulterblatt.
Die Sachen gepackt! Raus aus dem Mist!
Dann erblickte ich plötzlich das Gespenst, und mein Herzschlag setzte für Sekunden aus.
Ich hörte, daß ich einen Schrei ausstieß, und fühlte, daß ich zur Salzsäule erstarrte. Da stand eine weiße Gestalt an der Hausecke und sah uns an.
Albert! Albert im Nachthemd.
»Ich hab's gemerkt, daß ihr ausreißen wollt«, sagte Albert.
Das waren die ersten Worte, die er mit uns sprach.
Jupp überwand als erster den Schreck. Er riß das Messer aus der Hosentasche und ließ die große Klinge herausschnappen. Das sah sehr bedrohlich aus. »Wirst du uns verraten?« Wild fuchtelte er mit dem Taschenmesser vor Alberts Gesicht herum.
»Ganz gewiß nicht«, sagte Albert.
»Dann schwör, daß du den Mund hältst!« forderte Jupp.
Albert hob die Hand. »Ich schwöre.«
»Du weißt, daß du in die Hölle kommst, wenn du den Schwur

brichst«, flüsterte Hansi eindringlich. »Meineidige und Ehebrecher kommen in die Hölle. Jetzt schwöre, daß du den Schwur halten wirst! Hopp!«
Wieder hob Albert die Hand. »Ich schwöre, daß ich den Schwur halten werde.« Das waren die letzten Worte, die er mit uns sprach. Er flitzte zu einem offenen Fenster und schlüpfte ins Haus. Für einen Augenblick blitzte sein nackter Hintern im Mondlicht.
»Weg, nichts wie weg!« zischte ich den Freunden zu.
Wir packten unser Gepäck und hasteten über die Hausweide dem Weg zu, der zum Fluß führte. Seltsam silbern leuchtete das Land, als spiegelte es das Funkeln der Sterne.
Irgend etwas platschte schwer ins Wasser, als wir über das Stauwehr balancierten. Ein dicker Frosch? Eine Wasserratte? Und wenn es der Klabautermann persönlich gewesen wäre: wir kümmerten uns nicht weiter darum. Für uns war es nur wichtig, daß wir uns in dieser Nacht so schnell wie möglich und auch so weit wie möglich vom Seppershof entfernten.
Schon bald ragten die spitzen Lanzen der Sumpfpflanzen vor uns auf.
»Einfach durch!« kommandierte Jupp.
»Und wenn wir versaufen?« fragte Hansi bang.
»Wir versaufen schon nicht«, sagte ich, »wir halten uns an den Schilfstrünken fest.«
Es knackte und knirschte und quatschte und platschte, als ob eine Nashornherde den Bambusdschungel niederwalzte, als wir ins Ried eindrangen.
Mir war mächtig mulmig, als ich so über den glitschigen und schwankenden Moorgrund stakste. Die Blätter des Schilfs, die

fahl leuchteten, waren scharf wie Messerklingen. Ich hatte mir den Rucksack vor die Brust gehängt und benutzte ihn als eine Art Prellbock. Manchmal knallten mir die Kolben der Pfeifenputzerpflanzen ins Gesicht. Wir kamen besser vorwärts, als wir gehofft hatten, denn der schwarze Brei reichte uns nur bis zu den Knöcheln.

Natürlich hatten wir Schuhe und Strümpfe anbehalten, hier konnte es ja Schlangen und bissige Fische und Krebse mit giftigen Scheren geben. Wir schreckten Wildenten und Wasserhühner auf, es prasselte wie Feuer, wenn größere Tiere auf der Flucht vor uns davonstoben. Auf kleinen Inseln wuchsen Birken und Trauerweiden und wedelten gespenstisch mit den Zweigen, als wären sie Moorgeister, die uns in die Untiefen locken wollten. Mir fielen schauerliche Geschichten von bösen Feen, schrecklichen Gnomen und tanzenden Irrlichtern ein. Aber immer wieder sagte ich mir das Wort vor, das mir Mut verlieh: Waldläufer.

Hansi ließ hin und wieder die Taschenlampe aufblitzen. Der funzlige Schein erfaßte Baumstümpfe, Wollgrasbüschel und Schlehdornranken. Bisweilen blubberte es irgendwo, als tauchten Wassermänner aus der Tiefe auf.

»Gase!« rief Jupp uns zu. »Das sind nur Gase! Ihr braucht keinen Schiß zu haben. Und gleich haben wir sowieso den Waldrand erreicht.«

Der Waldgürtel! Wie eine düstere Riesenmauer erwartete er uns. Beklommen dachte ich: Der ist undurchdringlich. Doch dann vernahm ich auf einmal den hellen Uhrenschlag der fernen Dorfkirche, und seltsamerweise minderte das meine Furcht.

Vom anstrengenden Gestampfe durch den Matsch taten mir

die Muskeln weh. Keuchend warf ich mich zu Boden, als wir bei einem Jägerpfad am Waldrand angekommen waren.
»O Mann, bin ich kaputt!« stöhnte Hansi.
»Das Schlimmste liegt hinter uns«, tröstete Jupp, aber er wußte wohl selber, daß er das nur daherredete, damit wir uns aufrappelten und weiterliefen. Er zeigte zu einem flimmernden Stern hinauf. »Das ist der Polarstern. Also ist da Norden. Wenn wir jetzt im rechten Winkel den Wald durchdringen, dann kommen wir genau nach Westen. Ist das logisch?«
»Ja«, sagte ich, »das ist logisch.«
Wir fanden eine Schneise im düsteren Fichtenwald, die schien auch ungefähr in westlicher Richtung zu verlaufen. Keiner sprach es aus, aber wir waren todmüde von der Tagesarbeit, trotzdem schleppten wir uns hügelan, stolperten über Baumwurzeln und trockene Äste, schraken bei jedem Geräusch zusammen und hielten den Atem an, wenn irgend etwas Unheimliches in unserer Nähe geschah. Wir verständigten uns flüsternd, obwohl es keinen Grund dafür gab.
Als wir nach Stunden den Kamm des Nadelwaldes erreicht hatten, machten wir eine Pause, aber wir legten uns nicht hin, weil wir Sorge hatten, daß wir dann einschlafen würden. Wir kauten ein wenig Brot und bissen Stücke von der Hartwurst ab.
»Wir hätten auch was zu trinken mitnehmen müssen«, sagte Jupp.
Hansi meinte: »Jetzt geht's bergab, und da kommen wir garantiert an einen Bach. Ist doch immer so.«
Es wurde kühl. Wir kramten die Jacken aus dem Gepäck. Jupp erklärte, daß wir schon mindestens fünfzehn Kilometer vom Seppershof entfernt seien. Ich glaubte das nicht. Einig waren

wir uns jedoch darüber, daß wir bis zum Morgengrauen weiterlaufen müßten, wenn wir uns halbwegs sicher fühlen wollten.

Also liefen wir weiter. Wir kamen an einen überwucherten Weg mit tiefen Fahrrinnen von den Forstfahrzeugen. Diesen Weg nahmen wir, obwohl wir nicht abschätzen konnten, daß er auch wirklich nach Westen führte. Auf jeden Fall kamen wir nun zügig voran, und wir stießen nach einiger Zeit auch auf einen Bach, über den eine Steinbrücke mit hohem, verziertem Eisengeländer ragte. So eine Brücke paßte eigentlich nicht in die Einsamkeit dieses tiefen Waldes. Wir knieten uns ins Moos und tranken gierig aus der hohlen Hand. Dann wuschen wir den Moorschlamm von Schuhen und Strümpfen. Ich merkte, daß ich mir an beiden Füßen Blasen gelaufen hatte. Keiner von uns besaß eine Uhr, darum stellten wir per Abstimmung fest, daß Mitternacht längst vorüber sei.

»Habt ihr das nicht vorhin gespürt, daß wir uns in der Geisterstunde befanden?« fragte Jupp und tat erstaunt.

Jetzt, wo er es sagte, fiel es mir auch ein, daß ich die Geisterstunde deutlich gespürt hatte. Bei Hansi war es ähnlich.

Wir überquerten die Brücke und gingen weiter auf dem Waldweg, der von Farnen überwuchert war. Hier war schon lange kein Fahrzeug mehr gefahren. Unser Gehen ging allmählich in Taumeln über. Die Kälte nahm zu, die Düsternis auch. Wir hatten jedes Zeitgefühl verloren. Als wir den Rand des Waldes erreichten und auf die versteppte Wiese mit hüfthohem Gras traten, fiel plötzlich die Furcht von uns ab. Hier lauerten keine Räuber mehr hinter den Baumstämmen, hier wisperten keine Hexen im Unterholz.

»Morgendämmerung oder nicht«, stöhnte Hansi und warf seinen Militärtornister hin, »ich gehe keinen halben Schritt mehr weiter. So was von kaputt, wie ich bin!«
Unter einem Holunderbusch, geschützt von hohem Gras, fanden wir ein gutes Versteck. Wir drängten uns aneinander, um uns gegenseitig zu wärmen, und fielen in bleiernen Schlaf.

Das Mädchen mit der Kuh

Wir wurden von mörderischem Lärm aus dem Tiefschlaf gerissen. Ein Doppeldecker schnarrte über den Himmel. Die Propeller gleißten in der Morgensonne wie Scheiben aus Glas.
Jupp rieb sich die Augen und spuckte aus. »Der fliegt genau nach Westen. Verdammt, warum kann der uns nicht mitnehmen?«
»Blau-weiß-rot.« Hansi wand sich ächzend aus dem Gebüsch und wischte sich die Triefnase am Jackenärmel ab. »Franzose.« Dann knirschte es hörbar, als er den Kopf rollen ließ und merkwürdige Turnübungen vollführte. »Jetzt wissen sie Bescheid.«
Er meinte natürlich die Bauersleute und nicht die Franzosen. Für Sekunden entstanden Bilder in meinem Gehirn und verblaßten wieder: Albert im Nachthemd, der schweigsame Greis, das sanfte Mädchen Paula und der graue Gaul. Was würde der Seppersbauer nun unternehmen? Das Pferd mit dem Hängebauch anschirren und zur Polizei fahren? Oder Albert zum Pfarrer schicken?
Hansi, der inzwischen wie ein Derwisch auf der Stelle hüpfte, erklärte: »Wahrscheinlich werden wir zur Fahndung ausgeschrieben.«
»Jetzt leck mich doch einer!« Jupp staunte. »Woher weißt du denn so einen feierlichen Spruch?«
»Mein Vater war Polizist, bevor er zum Waffendienst gerufen

wurde.« Hansi schniefte, was mit dem Naselaufen zu tun haben konnte, vielleicht aber auch mit der Traurigkeit.
»Zum Waffendienst gerufen!« Jupp verzog das Gesicht, als wäre ihm speiübel. »Du und deine Redensarten, Hansi! Huaaah, ich kann gar nicht so schnell zittern, wie ich friere.«
Wir bibberten vor Kälte. Es war auch ein Fehler gewesen, daß wir die klatschnassen Strümpfe und Schuhe an den Füßen gelassen hatten. Hansi forderte uns auf, mit ihm barfuß durch das taufeuchte Gras zu rennen. Das bringe das Blut in Wallung, behauptete er. Also brachten wir unser Blut in Wallung. Jupp trat dabei in eine Distel und jaulte wie ein junger Hund, ich brach mir fast die Zehen am Stengel einer Schierlingpflanze. Aber wir fühlten, wie die Müdigkeit von uns abfiel und wie es wohlig in den Beinen kribbelte. Anschließend wuschen wir uns mit nassen Huflattichblättern und aßen den Rest vom Brot und von der Hartwurst auf. Unruhe erfaßte uns. Wir mußten weiter!
Die klammen Strümpfe banden wir an unseren Hosen fest, damit sie schnell in der Sonne trockneten. Als ich mit nackten Füßen in die Schuhe stieg, die mir sowieso zu groß waren, wurde ich schmerzhaft an die Blasen erinnert, aber ich ließ mir nichts anmerken. Wir überquerten das Grasland in westlicher Richtung und stießen bald auf einen Fahrweg, der von Apfelbäumen gesäumt war. Die Äpfel schmeckten so sauer, daß es den Hals zusammenzog, doch wir nagten trotzdem daran herum, weil wir durstig waren.
»Das ist genauso gut wie Zähneputzen«, sagte Hansi.
Zögernd näherten wir uns einem Dörfchen mit einer kleinen Kirche. Auf dem Dach des Turms, der wie ein roter Sattel aussah, war ein Storchennest. Störche sahen wir aber nicht.

Wir hörten das Geklirre von Milchkannen und das Quieken aufgeregter Schweine. Da liefen auch Leute geschäftig herum, und in einem Garten tobten Kinder mit einem kleinen Hund.
»Vorsicht!« mahnte Jupp. »Wir dürfen uns nicht sehen lassen. Am besten, wir machen einen großen Bogen um das Kaff. Kann jemand das Ortsschild lesen?«
Ich kniff die Augen zusammen. »Irgend was mit Weiler. Unterweiler heißt's, glaub ich.«
»Dann laßt uns mal auf unserer Landkarte nachschauen«, sagte Hansi.
Jupp tippte sich an die Stirn. »Solche Furzdörfer sind doch nicht auf der Karte drauf! Nur richtige Städte. Pfullendorf heißt die nächste Stadt, die wir anpeilen müssen. Pfullendorf. Ich hab's mir gestern schon gemerkt.«
An Ackerrainen entlang, über Weiden und durch Obstgärten liefen wir gebückt um das Dorf herum. Wir sahen Korngarben in Massen, wie zu endlosen Reihen von Indianerzelten aufgestellt, der süßliche Geruch von Kartoffelkraut drang uns in die Nase, Lerchen stiegen senkrecht bis zu den Wolken hoch und tirilierten so angestrengt, als müßten sie eine Meisterschaft austragen. Die Sonne knallte inzwischen gnadenlos auf uns nieder. Unsere Strümpfe waren längst trocken.
Bald kamen wir auf eine schmale Straße, die ungefähr in unserer Richtung verlief. Zwar hatte sie viele Kurven, doch wir konnten am Stand der Sonne erkennen, daß wir auf dem richtigen Weg waren. Ich konnte mein Humpeln nicht mehr verbergen, da half auch kein Zähnezusammenbeißen. Hansi und Jupp schlurften auch schon ein bißchen. Wenn sich Radfahrer näherten, versteckten wir uns hinter Büschen. Noch durften wir uns nicht offen zeigen.

Plötzlich stießen wir fast mit einer Kuh zusammen. Hatten wir im Gehen geschlafen, daß wir das Tripptrapp nicht hörten? Hinter einer Hecke kam die Kuh hervor, da war auch eine Zufahrt zu einem Bauernhof. Und dann sahen wir auch das Mädchen, das die Kuh an einem Seil führte.
»Grüß Gott!« rief das Mädchen. »Was seid denn ihr für Buben?«
Das Mädchen hatte lange braune Zöpfe und ein rosiges Lachgesicht. Es trug wadenhohe Stiefel mit Mistbrocken dran und ein grünes Kleid mit einem hellen Kragen.
»Wir?« Jupp faßte sich schnell. »Wir sind Kaspar, Melchior und Balthasar. Und wer bist du?«
»Ich bin die Anna Scheible.« Dann brach sie in Kichern aus. »Welcher von euch ist denn der Mohr?«
»Ich«, sagte ich. »Ich bin Kaspar.«
Anna hatte anscheinend Spaß an diesem Spielchen. »Ein Mohr mit blonden Haaren. Das gefällt mir.« Wie eine Verschwörerin streckte sie den Kopf vor und flüsterte. »Ihr drei seid Ausreißer. Gebt's doch zu!«
Es hatte sich also schon herumgesprochen! Ich erschrak. Auch Jupp und Hansi hatte es die Sprache verschlagen. Die Heiligen Drei Könige: zu Standbildern erstarrt.
Aber Anna hatte es ganz anders gemeint!
»Aus dem Waisenhaus in Sankt Veit seid ihr ausgerissen. Dünn wie ihr seid! Sofort hab ich mir das gedacht. Dort läßt man die Kinder schier verhungern. Das hat sich herumgesprochen. Recht habt ihr, daß ihr fortgelaufen seid!«
Anna stand auf unserer Seite, das war klar. Sie würde uns auf keinen Fall verraten. Aber wir durften hier nicht länger so einfach auf der Straße herumstehen.

»Wohin wollt ihr denn jetzt?« fragte Anna.
»Nach Pfullendorf«, sagte Hansi. »Dies ist doch der richtige Weg nach Pfullendorf?«
Anna hob die Schultern. »Das weiß ich nicht. Jedenfalls ist's noch weit bis Pfullendorf. Wenn ihr mit mir über den Berg kommt, könnt ihr ein Stück von der Straße abkürzen.« Sie zeigte zum Hügel hinauf, über den ein Pfad führte.
»Wohin willst du denn mit der Kuh?« wollte Jupp wissen.
»Zum Stier vom Haag. Sie muß bald gedeckt werden, weil sie brünstig ist.«
»Häh?« machte Hansi, weil er nicht wußte, wovon die Rede war.
Jupp half ihm nach. »Sie hat Liebesschmerz nach einem Männe. Paarung, verstehst du? Und in ein paar Monaten gibt's ein neues Kälbchen.«
Hansi verstand und wurde rot bis zu den Ohren. Wir lachten noch über ihn, als wir den Hügelpfad hinaufstapften. Anna und ihre braun-weiße Kuh legten ein erstaunliches Tempo vor. Ich hatte mir immer vorgestellt, Kühe seien ausgesprochene Trödeltiere. Obwohl unser Gepäck nicht schwer war, gerieten Jupp, Hansi und ich heftig ins Schwitzen. Dann, als wir den Hügelkamm erreicht hatten, machte das Mädchen einen überraschenden Vorschlag.
»Jetzt könnt ihr eine Weile eure Füße schonen, ihr drei Ausreißer. Hopp, sitzt auf! Die Monika ist stark, die kann euch leicht tragen.«
Das durfte doch nicht wahr sein! Wir drei Waldläufer sollten uns auf den Rücken der Kuh Monika setzen? Erst dachte ich, das Mädchen wollte sich über uns lustig machen, doch dann wurde mir klar, daß sie es ernst meinte. Und weil niemand

zuschaute, kletterten wir mit Annas Hilfe tatsächlich auf die Kuh. Kaspar, Melchior und Balthasar folgten auf dem Rücken einer Kuh dem Stern, der ihnen den Weg nach Pfullendorf zeigen sollte! Also, lächerlich sah das bestimmt aus, und wie ein Cowboy kam ich mir auch nicht vor. Wir klammerten uns wie Affen aneinander fest. Die Kuh Monika brummelte nur ganz leise und setzte ihren Weg fort. Anna führte sie am Halfter. Und wir schaukelten über ein Wiesenland, das war weiß von Margeriten.

Ungefähr nach zwei Kilometern rief Anna: »Alle absteigen! Der Ritt ist zu Ende.« Sie zeigte mit der rechten Hand zu einem Hof, der wie Kinderspielzeug tief unten in einer Mulde lag. »Das ist der Hof vom Haag.« Und mit der linken Hand zeigte sie nach vorn, wo wir weit in der Ferne das graue Band der Straße sehen konnten. »Das ist eure Richtung!«

»Danke, Anna!« riefen wir im Chor.

Als ich wieder auf den eigenen Füßen stand, wußte ich, daß es ein Fehler gewesen war, Annas Einladung zum Kuhritt anzunehmen. Meine Beine kamen mir wie ausgeleiert vor, vom Steißbein bis zum Nacken schien meine Wirbelsäule zu einem starren Eiszapfen gefroren zu sein. So mußten sich Postreiter des Wilden Westens nach zehn Tagen im Sattel gefühlt haben. Auch Hansi und Jupp wankten wie auf Eiern.

»Mir ist elend!«, erklärte Jupp nach hundert Schritten und verzog sich rasch hinter einen Ginsterstrauch. Doch das hatte wohl weniger mit dem Ritt auf der Kuh als mit den unreifen Äpfeln zu tun. Jupp war die nächste Stunde ziemlich schweigsam.

Eine Stunde dauerte es auch ungefähr, bis wir wieder auf die Straße stießen. Wir warteten, bis das Militärmotorrad vorbei-

gezischt war, das uns entgegenkam, dann hasteten wir auf den Wegweiser an der Straßenkreuzung zu, den wir schon von weitem erspäht hatten.
»Da!« schrie Hansi mit einer Spur von Jubel in der Stimme. »Pfullendorf. Elf Kilometer.« Er packte entschlossen die Riemen seines Tornisters. »Das schaffen wir heute noch!«
Wir schafften es in der Tat noch. Wir kamen sogar noch viel weiter. Aber zwischendurch hatten wir eine aufregende Begegnung, und die hing mit einem Irrtum zusammen. Die Methode, quer über die bewaldeten Hügel zu laufen und uns so neugierigen Blicken zu entziehen und gleichzeitig die Kurven der Landstraße zu schneiden, gefiel uns sehr. So wanderten wir also über einen Weg, der von der Straße abzweigte. Dieser Weg war mit roter Asche belegt. Entweder hatte es mit der beginnenden Erschöpfung zu tun, daß wir die vielen Spuren der Reifenprofile nicht richtig wahrnahmen, oder es lag daran, daß uns der Ritt auf der Kuh vertrottelt hatte. Wir achteten auch nicht weiter auf das weiße Schild mit den roten Buchstaben und der dicken Überschrift: STOP! ATTENTION! Irgendwelches Blabla schien da angeschrieben zu sein, und die Sprache war wohl Französisch. Auf deutsch war darunter eine Übersetzung, die uns nicht interessierte. Was haben Waldläufer mit solchen Schildern zu schaffen! MILITÄRISCHER SPERRBEZIRK las ich im Vorbeigehen aus dem Augenwinkel. Wahrscheinlich dachten wir, falls wir überhaupt etwas dachten: Das hat vermutlich noch mit dem Krieg zu tun, und der ist doch längst vorbei.
Aber dann! Plötzlich langten wir an einer Erweiterung des Weges an. Da stand eine Baracke in Tarnfarben, da heulte eine Sirene auf, da knallte ein Schlagbaum herunter. Und ehe wir

noch piep sagen konnten, sprang ein Soldat aus einem Schilderhäuschen und zielte mit seiner Maschinenpistole genau auf uns. Er schrie einen Befehl, den wir nicht verstanden. Unwillkürlich streckten wir die Hände in die Höhe. Trotz des Gebrülles konnte ich genau hören, was sich in Jupps Bauch abspielte. Mein Mund war auf einmal so trocken, daß ich nicht mehr schlucken konnte. Die Waffe machte mir schreckliche Angst. Wieder schrie der Soldat uns an. Er spielte mit den Fingern am Abzug der MP herum.

»Bongschur, Mußjöh!« antwortete Hansi mit zittriger Stimme. Und ich hörte mich rufen, als ich dann wieder Spucke in den Mund bekam: »Wir Allemanje! Nix verstehen Französich. Wir gut Freund!«

Der Soldat, der unsere belämmerten Gesichter sah, fing auf einmal fürchterlich laut an zu lachen. Unter seinem schwarzen Seehundschnauzbart blitzten die Zähne. Er war ein erstaunlich dunkelhäutiger Soldat, seine Uniform war viel bunter, als ich Uniformen in Erinnerung hatte. Franzosen hatte ich mir ganz anders vorgestellt. Jupp, der komisch verkrümmt die Hinterbacken zusammenpreßte, flüsterte mir zu, das sei ein Marokkaner.

Als meine Gedanken wieder halbwegs richtig funktionierten, fragte ich mich, was dieses Theater zu bedeuten hätte. Wurden hier Kanonen und Granaten bewacht? Oder Kriegsgefangene oder verhaftete Nazis? Vielleicht veranstalteten die Soldaten hier auch ihre Schießübungen. Ich sah überall die französischen Farben, also gehörten diese Marokkaner zur französischen Armee.

Inzwischen hatten acht, neun Soldaten einen Kreis um uns gebildet. Sie beratschlagten halblaut, was sie mit diesen Jungen

anstellen sollten, die in ihr Sperrgebiet gelaufen waren; das sah ich ihnen an. Offensichtlich war keiner unter ihnen, der unsere Sprache verstand. Mich beruhigte aber ein wenig, daß sie das alles nicht ganz ernst nahmen, denn ihre Gesichter waren freundlich. Endlich gab uns einer ein Zeichen, auf die Ladefläche eines offenen Lastwagens zu klettern.
»Kommen wir jetzt in den Knast?« fragte Hansi.
»Na, an die Wand werden sie uns ja wohl nicht stellen«, meinte Jupp ziemlich gelassen. Die unreifen Äpfel machten ihm anscheinend mehr Kummer als diese Verhaftung.
Ich sagte: »Hoffentlich gibt es in ihrem Gefängnis anständige Verpflegung.« Mein Magen meldete sich nämlich sehr deutlich. Da hatte Hansi wieder einen seiner großartigen Sprüche zur Hand. »Nach der internationalen Charta des Genfer Abkommens sind sie verpflichtet, uns gut zu behandeln.«
»Hör auf mit deinen Weisheiten!« forderte Jupp. »Wenn ich lachen muß, geht's hinten gleich wieder los.«
Ein Rennfahrer setzte sich ans Steuer. Wir und unsere Sachen purzelten nur so auf der Ladefläche herum. Ich bin sicher, daß wir mit einem Flugzeug auch nicht schneller in dem Städtchen angekommen wären, in dem sich das Hauptquartier der Einheit befand. Das Hauptquartier war in einer Schule untergebracht.
Dann erlebten wir eine Zirkusnummer, die uns ungeheuer beeindruckte. Ein Reiter in geschmückter Uniform mit goldenen Kordeln und allerlei Klitzerkram vor der Brust kam auf einem nervigen Apfelschimmel angepresst. Der dunkelhäutige Mann hatte eine Art Blumentopf auf dem Kopf, das Pferd blähte die Nüstern. Der Reiter schrie irgend etwas Aufmunterndes, da hüpfte das Pferd wie ein Känguruh die hohe

Treppe zum Portal hinauf, und als zwei Wachsoldaten rasch die Türflügel aufrissen, sausten Reiter und Pferd mit Schwung ins Schulhaus hinein. Mir fielen die Augen fast aus dem Kopf. Doch das war noch nicht alles! Im Gebäude ging der wilde Ritt weiter. Wir konnten von außen deutlich sehen, wie hinter den großen Fensterscheiben der Reiter seinen Schecken Treppe um Treppe hinauftrieb bis zum Obergeschoß.

»Träume ich das?« fragte Jupp heiser.

»Das träumst du nicht, Jupp, das war auch kein Film, das haben wir wirklich gesehen.« Ich sprang von der Ladefläche des Lastautos und starrte wie gebannt zur zweiten Etage des Schulgebäudes hinauf.

Der Fahrer schnipste mit den Fingern und gab uns mit einer Kopfbewegung zu verstehen, daß wir ihm folgen sollten. Er führte uns ins Obergeschoß des Hauptquartiers. Und wen sahen wir dort mit einer Zigarette im Mundwinkel hinter einem Schreibtisch sitzen? Den Mann mit der Weihnachtsbaumuniform und dem Blumentopfhut natürlich. Sein Pferd beschäftigte sich mit den Grünpflanzen auf der Fensterbank.

»Monsieur le Capitaine«, raunte uns der Fahrer zu und wies auf den kühnen Reitersmann.

»Bongschur, Mußjöh!« riefen Hansi und Jupp und ich und schauten dabei auf das schöne Pferd.

Der Fahrer redete auf den Vorgesetzten ein und richtete den Daumen dabei die ganze Zeit auf uns. Der Reiter, der vermutlich so etwas wie der Hauptmann war, knallte mit der Reitgerte auf die Tischplatte und rief nach dem Dolmetscher. Der kam in derselben Sekunde wie ein Schachtelteufel aus einem Nebenzimmer geflitzt und hatte einen gebratenen Hühnerschenkel zwischen den Zähnen. Sofort lief mir das Wasser im Mund

zusammen. Mit wippender Gerte und in ziemlich herrischem Ton erteilte der Hauptmann dem kauenden Dolmetscher ein paar Befehle, und uns war klar, daß wir nun verhört werden sollten.
»Wie sind eure Namen?« fragte der Dolmetscher.
Wir sagten sie ihm, schauten dabei aber den marokkanischen Hauptmann an. Der spielte inzwischen mit seinen Fingerringen und stellte neue Fragen, die der eilfertige Übersetzer mit schnarrender Stimme an uns weitergab.
»Monsieur le Capitaine will wissen, warum ihr euch im militärischen Sperrbezirk herumgetrieben habt. Lügen ist zwecklos.«
Ich sagte: »Wir haben uns nicht herumgetrieben. Wir haben uns bloß ein bißchen verlaufen. Wir wollten ganz bestimmt nicht spionieren oder so. Ehrenwort!«
Während der Hauptmann und der Dolmetscher miteinander redeten, köttelte das Pferd an der Fensterbank ausgiebig. Sofort kam ein Soldat mit Schaufel und Handfeger gelaufen und beseitigte die Roßäpfel.
»Monsieur le Capitaine fragt euch«, redete der Übersetzer mit vollem Mund weiter, »ob ihr Herumtreiber seid. Vagabunden? Landstreicher? Habt ihr eure Eltern im Krieg verloren? Habt ihr kein Zuhause? Wohin wollt ihr? Los, antwortet!«
Das waren natürlich gleich mehrere Fragen, die uns in Verlegenheit bringen konnten. Ob bei den Militärbehörden am Ende schon die Suchmeldung eingetroffen war? Vielleicht lagen die Personenbeschreibungen der drei Ausreißer längst vor. Der Gedanke, daß wir vielleicht in ein Gefangenenlager der Besatzer gesperrt werden könnten, schlug mir auf das Gedärm. Und dann gab Hansi eine geradezu hirnrissige Antwort.
»Wir sind auf dem Weg nach Köln«, sagte er.

»Cologne?« Der Hauptmann faßte sich an die Stirn. Sein Blick signalisierte: Das ist doch unmöglich! Da stimmt doch etwas nicht! Das kann ich nicht zulassen!

Da rettete Jupp die Situation. Während ich noch über die kritische Lage nachdachte, fiel ihm schon die Erklärung ein, die alles zum Guten wendete und uns glatt dreißig Kilometer Fußmarsch ersparte.

Natürlich müßten wir grundsätzlich wieder nach Köln zurück, sagte er mit jämmerlicher Stimme, die wahrscheinlich sogar Steine erweicht hätte, aber zur Zeit seien wir bei Verwandten auf dem Lande zu Besuch, weil wir uns erholen und sattessen sollten. Und diese Verwandten hätten uns einen Tagesausflug erlaubt, doch da sei etwas schiefgegangen. »Wir haben uns fürchterlich verlaufen! Völlig falsche Richtung!« jammerte Jupp.

Das war genial. Es erklärte unseren reichlich verwahrlosten Zustand und lieferte auch den Grund dafür, daß wir so abgemagert waren. Wir guckten schön hilflos und brav, um zu verstehen zu geben, daß wir wirklich alles andere als Landstreicher seien.

Der Hauptmann und der Dolmetscher sprachen eindringlich miteinander. Das Wort »vacances« fiel. Ich wußte, daß es Ferien bedeutete. Die beiden Männer glaubten Jupps Geschichte!

»Wo wohnen denn eure Verwandten?« fragte der Dolmetscher nach einer Weile. Den abgenagten Hühnerknochen warf er einfach aus dem Fenster.

»In der Nähe von Tuttlingen«, antwortete Jupp rasch.

Der Hauptmann und der Dolmetscher traten an die große Wandkarte, die hinter dem Schreibtisch angepinnt war. An-

gestrengt suchten sie den Namen Tuttlingen und flüsterten ihn unentwegt.
»Wieso denn Tuttlingen?« wisperte ich Jupp zu. »Spinnst du? Wir wollen doch nach Pfullendorf!«
Jupp grinste überlegen. »Vergeßt Pfullendorf, Freunde! Tuttlingen liegt viel weiter im Westen.«
Der Übersetzer fand dann das Wort Tuttlingen auf der Karte. Als der Hauptmann mit einem Lineal die Entfernung maß, nickte er bewundernd. Daß diese drei dünnen Jungen auf ihrem Ausflug eine solche Strecke zurückgelegt hatten, schien ihn mächtig zu beeindrucken. Das hörte sich geradezu freundlich und fürsorglich an, was er dem Übersetzer sagte.
»Monsieur le Capitaine will euch helfen. Er sagt, er hat selber einen Sohn. Der Fahrer wird euch nach Tuttlingen bringen. Und Monsieur le Capitaine will auch wissen, ob ihr Hunger habt.«
»Wui, wui«, antwortete Jupp und hielt das wohl für Französisch, was er da murmelte. Zur Verdeutlichung preßte er auch die Hand auf den Magen.
Der Fahrer bekam seine Anweisungen. Er hielt dann die Hand an seine Mütze, was nur ungefähr nach einer Ehrenbezeugung aussah. Der Soldat, der die Pferdeköttel weggeschafft hatte, brachte ein großes Weißbrot und ein Stück Packpapier mit mehreren Brocken Hühnchenfleisch darauf. Ich wickelte das Fleisch ein und stopfte es in den Rucksack, obwohl ich am liebsten sofort mit dem Essen angefangen hätte. Hansi nahm das Brot. Der Apfelschimmel riß einen Geranientopf von der Fensterbank. Diese Pflanze schmeckte ihm wohl nicht.
Der Hauptmann hob die Reitgerte und rief uns zu: »Au revoir, chers amis!«

Und wir riefen: »Orewoah, Mußjöh le Kapitän!« Hansi hielt sich dabei die Nase zu, damit es sich auch richtig französisch anhörte. Dann folgten wir dem Fahrer nach draußen.
Jupp fragte: »Na, wie hab ich das gemacht?«
Wir konnten ihm nicht mehr antworten, weil in diesem Augenblick der Motor des Lastwagens aufbrüllte. Wir faßten, kaum saßen wir oben, nach den Fugen in den Seitenklappen, um uns festzukrallen und nicht von der Ladefläche zu fliegen, denn nun begann eine Höllenfahrt, die ich in meinem ganzen Leben nicht vergessen werde. Wahrscheinlich war der Fahrer stinksauer darüber, daß er diese Sonderfahrt mit uns unternehmen mußte, obwohl er vielleicht längst Feierabend hatte. Die Karosserie jaulte in jeder Kurve, als würde der Wagen auseinanderplatzen. Die Reifen knallten über Bordsteine und Haustreppenstufen. Nur mit Millimeterabstand schlitterten wir in den engen Gassen an Mauerecken und Prellsteinen vorbei. Leute sprangen um ihr Leben, erbärmlich kreischendes Federvieh geriet unter die Räder. Mit Dauerhupton überholte unser irrsinniger Fahrer Traktoren und Militärjeeps, Pferdegespanne und Ochsenkarren, Radfahrer und Gruppen von Erntearbeitern, und jedes Mal ging es nur um Haaresbreite gut. Ob Hoppelpflaster oder Schlaglochstrecke, ob bröckliger Asphalt oder ausgefahrener Lehmbelag mit tiefen Fahrrinnen: unser Chauffeur nahm den Fuß nicht eine Minute vom Gaspedal und machte die Landstraßen zu seiner privaten Rennstrecke. Ich wette, der hatte seinen Spaß. Pappelalleen gerieten ins Zittern, ein vollbeladener Kornwagen kippte in den Graben. Und wir fragten uns, warum unser junges Leben schon zu Ende sein sollte.
»Das ist Mordversuch!« schrie Hansi.

Am Stadtschild von Tuttlingen wechselte der Fahrer einfach die Pedale. Mit der gleichen Heftigkeit, mit der er vorher Gas gegeben hatte, bremste er nun. Wir knallten gegen die Fahrerkabine und hielten es für ein Wunder, daß wir uns nicht mindestens ein paar Arme gebrochen hatten.
Gerade eben standen wir auf der Straße, da hatte der Verrückte auch schon gewendet und donnerte in einer Staubwolke davon.
»Arschloch!« rief ich ihm nach.
Dann ließen wir uns ins Gras fallen und lachten uns die Angst aus den Knochen. Wir waren einer schlimmen Gefahr entronnen und hatten gleichzeitig eine enorme Wegstrecke geschafft. Das erleichterte uns sehr.
»Jetzt sind wir fast schon in Köln«, meinte Hansi.
»Aber auch nur fast«, gab Jupp zurück. »Laßt uns nach einem Bach suchen!«
In die Stadt hinein wollten wir ohnehin nicht, denn das hatten wir begriffen: Unser Problem war nun nicht mehr, daß wir als Ausreißer festgenommen würden, sondern als minderjährige Landstreicher. Also waren wir vom Regen in die Traufe gekommen. Wir mußten auf der Hut sein.
»Wenn so 'ne Polizeistreife uns schnappt«, sagte ich, »dann sperren die Säcke uns garantiert in irgendein Sammellager, und da verfaulen wir so langsam vor uns hin. Da können glatt Jahre vergehen, bis die uns wieder raus lassen. Briefeschreiben ist in solchen Lagern sowieso verboten.«
»Du triffst genau den Punkt, Gereon«, meinte Hansi. »Der Käse ist nämlich, daß wir in 'ner anderen Besatzungszone sind. Das macht die Lage noch verzwickter. Die Franzosen und die Engländer, die können sich gegenseitig nicht leiden.

Gefangenenaustausch und so, also, ich glaube nicht, daß sich da viel abspielt.«

Jupp faßte sich an die Nase. »Vielleicht erkennen die uns in Köln überhaupt nicht wieder, wenn wir dann eines Tages zu Hause eintrudeln. Oder die kriegen 'nen Schock, weil sie uns für lebende Tote halten. Oder für Gespenster aus dem Jenseits. Also aufgepaßt, Männer! Wir dürfen uns eben nicht schnappen lassen.«

»Wollen wir nicht erst mal was mampfen?« fragte Hansi.

»Besser nicht«, sagte Jupp. »Laßt uns erst nach einem Versteck für die Nacht suchen.«

Das war auch meine Meinung.

Wir schlugen uns in die Büsche und folgten später einem Trampelpfad, der wegführte von der Stadt und sich dann zwischen Feldern und Ödland verlor. Ein leichter Wind verschaffte uns ein bißchen Kühlung, trotzdem klebte der Rucksack wie festgewachsen an meinem Rücken.

Als wir an ein Baggerloch kamen, in dem leicht grünliches Wasser stand, beschlossen wir, hier unser Nachtlager aufzuschlagen.

»Macht schon mal Feuer!« rief Jupp und warf mir das Präriefeuerzeug zu. Und dann rutschte er den Sandhang hinunter zum Wasser und pfiff dabei fröhlich.

Hansi und ich suchten eine geschützte Kuhle aus und sammelten dürre Zweige und tote Äste. Feuerholz gab es hier genug. Während die Flamme züngelte, behandelten wir unsere wunden Füße. Hansi meinte, zerquetschte Kamillenblüten seien das beste Heilmittel.

Als Jupp vom Tümpel zurückkam, trug er den Blechtopf mit der linken Hand; der war voll Wasser.

»Ich schätze, es wird Zeit, daß wir mal wieder was Warmes in die Bäuche kriegen«, sagte er. »Wofür haben wir schließlich den Pott geklaut! Wir kochen uns Tee.«
Ich schaute in den Topf. Das Wasser schimmerte grünlich wie verdünnte Erbsensuppe. »Kochen? Mit dem Wasser?« Ich streckte die Zunge raus und machte bäh. Warum, zum Teufel, gab es hier keinen Bach! »Und was für'n Tee sollen wir denn kochen? Schweißsockentee vielleicht?«
»Kräutertee natürlich«, sagte Jupp ungerührt. »Wir müssen an unsere Gesundheit denken. Spitzwegerich, Huflattich, Kamille, Löwenzahn… Solche Sachen.« Er winkte mit dem Zeigefinger. »Nun kommt schon mit!«
Also folgten wir ihm und sammelten Grünzeug ein. Jupp, mit der Pfadfindererfahrung, erklärte uns, welche Pflanzen richtig und welche falsch waren. Hansi und ich glaubten ihm blind. Mit Feldsteinen bauten wir eine Kochstelle und setzten den Topf aufs Feuer. Jupp schnippelte mit seinem Taschenmesser die Kräuter klein und streute sie ins Wasser.
Und dann, während unser Tee kochte, machten wir uns endlich über unser Abendessen her! Nach der Vorfreude war die Freude um so größer. Das Weißbrot duftete himmlisch und schmeckte auch so. Das Hühnerfleisch erweckte in mir die Vorstellung von einer Weihnachtsbescherung. Wir kauten schweigend und hingebungsvoll. Das war ein Fest!
Aber plötzlich mußte ich unwillkürlich an meine Eltern und meine Schwestern denken. Vielleicht saßen die jetzt gerade auch beim Abendessen, wobei ihre Mahlzeit wahrscheinlich aus einem schlabbrigen Süppchen bestand, während wir hier schlemmten.
Dachte Hansi Ähnliches? Er hatte auf einmal Tränen in den

Augen. »Ich muß immer an meine Mutter denken«, sagte er mit belegter Stimme. »Und an meinen Vater auch. Wenn der mal nur wieder heimkommt!«

»Man darf die Hoffnung nicht aufgeben«, murmelte Jupp kauend und wußte wohl selber, wie dürftig sein Trost war.

Wir beschlossen, das Feuer über Nacht brennen zu lassen, und legten dicke Holzbrocken in die Glut. Dann schlürften wir das kochendheiße Gebräu und verbrannten uns die Zunge. Ich schluckte Klumpen von Blättern und Blüten und redete mir ein, daß dieser Tee wirklich gesund sei. Wohlige Müdigkeit überkam uns.

Wir lagen da und lauschten den Stimmen der Nachtvögel. Das Feuer knisterte. Der Himmel hatte sich mit flammendem Rot überzogen. Das starke Waldläufergefühl stellte sich ein.

»Der Lederstrumpf«, sagte ich, »das war ein ganz Mutiger. Der hat im Wilden Westen die gewaltigen Wälder durchstreift. Und sein Freund war ein Indianer.«

Hansi pustete in die Glut. »Den lieben Gott, den haben die Indianer Manitou genannt.«

»Alle Indianer halten jetzt die Klappe!« murmelte Jupp. Er war fast schon eingeschlafen.

Strahlende Tage

Wir kamen gut voran. Wenn die Füße brannten, machten wir uns einfach nichts daraus, und wir sagten uns gegenseitig vor, daß wir verdammt harte Burschen seien. Außerdem nutzten wir jetzt jede Möglichkeit, ein paar Kilometer per Anhalter zu reisen, auch wenn wir nur auf einem bummelnden Ochsenkarren hockten. Die Bauern konnten uns jetzt kaum noch gefährlich werden. Vor Militärfahrzeugen allerdings nahmen wir uns in acht, denn wir wollten, wie Jupp es nannte, das Schicksal nicht herausfordern. So viel Glück wie mit dem marokkanischen Hauptmann würden wir ein zweites Mal wohl kaum haben.
Unser Sprüchlein, daß wir die Ferien bei Verwandten verbrächten und uns bei einem Tagesausflug verlaufen hätten, kam überall gut an. Diesmal wohnten die Verwandten in Donaueschingen, weil wir uns diese Stadt als nächstes Etappenziel ausgesucht hatten. Hansi erschrak zuerst, als er etwas von Donau hörte, und erklärte aufgeregt, daß wir doch zum Rhein und nicht zur Donau wollten, aber als er dann selber einen Blick auf die Landkarte warf, merkte er, daß er Blödsinn redete.
Zwei Bäuerinnen stiegen von ihren Fahrrädern und schoben sie, damit wir unser Gepäck drauflegen konnten, und schenkten uns auch ein bißchen salzigen Kuchen, den nannten sie Guglhupf. Ein Forstmann ließ uns auf sein Geländefahrzeug klettern, das wie eine Lokomotive stampfte und allenfalls

Schrittempo erreichte, aber so sparten wir Kraft. Wir fuhren auf den Deichseln von Erntewagen und auf dem Dach eines schrottreifen Omnibusses.

Dann mußten wir eine lange Strecke in der Sonnenglut laufen, bis uns ein Fuhrwerk einholte, das mit Kisten voll Salat beladen war. Die beiden starkknochigen Rappen platzten vor Kraft, der Fuhrmann war betrunken. Lallend teilte er uns mit, daß er ganz schnell nach Geisingen müsse, weil seine Frau sonst grantig würde.

»Liegt das auf dem Weg nach Donaueschingen?« fragte ich.

»A-a-aber sicherlich!« rief er und knallte mit der Peitsche, obwohl die Pferde schon von selber in Trab gefallen waren.

Wir rannten hinterher, schleuderten unsere Sachen auf den Wagen und turnten an der Heckklappe hoch zu den Salatkisten. Der Fuhrmann mit dem Borstenschnäuzer grölte Weihnachtslieder. Hansi fing sofort an, Salatblätter zu futtern, weil die angeblich wichtige Nährstoffe enthielten. Jupp nagte dann auch an einem Blättchen herum. Ich verzichtete auf die Nährstoffe.

Kaum waren wir ungefähr zwei Kilometer weiter, als wir Probleme bekamen mit dem Fuhrmann und seinem Pferdewagen. Da erreichten wir nämlich einen Flecken mit einer Handvoll Bauernhäuser und einer kleinen Kneipe. Der Mann forderte uns auf, für ein paar Minuten die Zügel zu halten, weil er mal eben auf den Abort müsse, und verschwand torkelnd hinter der Gasthaustür. Wir warteten und warteten. Der Salat welkte vor sich hin, die Rappen wurden nervös und bissen sich gegenseitig in die Nasen, uns lief die Zeit davon.

»Jetzt leck mich doch einer!« schimpfte Jupp plötzlich los. »Ich geh rein und hol den vom Klo. Vielleicht ist er eingepennt.«

Der Mann war in der Tat eingeschlafen, und zwar am Tresen, wo er sich anscheinend ein paar Schnäpse hinter die Binde gekippt hatte. Jupp kam mit einer Frau in Beerdigungskleidung aus dem Wirtshaus. Die Frau hatte eine lilafarbene Nase und schnupfte dauernd in ein Taschentuch.
»Alle aussteigen!« rief Jupp. »Der Zug endet hier.«
Die Frau war aber anderer Ansicht. »Der Birner ist mal wieder im Vollrausch«, sagte sie, »der wird heut nicht mehr wach. Fahrt ihr den Wagen nach Geisingen!«
Sprachlos starrten wir die Frau an. Das konnte doch nicht ihr Ernst sein, daß wir dieses Gespann lenken sollten.
»Nun macht schon zu, ihr Buben! Die Rosse finden allein den Weg. Die Birnerin wartet gewiß schon. Seht ihr nicht, daß die Salatköpfe schon fast hin sind?«
Ich sagte: »Das geht doch nicht! Wir haben so was noch nie gemacht, so mit Pferden und so.«
»Ich schon«, behauptete Hansi. »Ich war im Krieg evakuiert mit der Kinderlandverschickung. Da hab ich manchmal solche Pferdewagen gefahren. In der Eifel war das.«
Ich dachte: Vom Kühedecken weiß er nichts, aber Fuhrwerke will er fahren können! Da bin ich aber gespannt.
Jupp war schon auf den Bock gestiegen. »Na, dann mal los, Hansi! Wir müssen endlich weiter.« Er winkte mir heftig zu. »Mußt du 'ne Extraeinladung haben, Gereon?«
Also gut, ich kletterte auch auf den Wagen. Hansi nahm die Zügel und stieß merkwürdige Schnalzlaute aus. Die Rappen trabten an.
»Gib mal ordentlich Gas!« forderte Jupp und schwang die Peitsche.
Das hätte er besser nicht getan. Die Pferde spürten wohl, daß

sich da etwas verändert hatte, und keilten mit den Hinterbeinen aus. Dann fegten sie ab, als hätten sie den Satan selbst im Nacken.
Da konnte Hansi noch so gellend sein Brrr schreien und an den Zügeln zerren. Der Wagen schlingerte wie ein Segelschiff bei Windstärke zwölf. Wir klammerten uns fest, so gut es ging. Die Alleebäume flogen an uns vorbei, erste Salatkisten krachten auf die Landstraße. Entsetzte Leute streckten die Arme zum Himmel und schrien. Die Hufe der Rappen trommelten ohrenbetäubend. In einem Buch hatte ich einmal etwas von einem gestreckten Galopp gelesen. Um so etwas mußte es sich hier handeln. Dagegen war die Höllenfahrt auf dem Lastwagen gar nichts.
Zu allem Überfluß brüllte Hansi: »Die Pferde gehen durch!«
Als ob Jupp und ich das nicht selber gemerkt hätten! Die Lage wurde ernst, ganz klar. Diese starken Pferde waren nicht mehr zu zügeln. Wir mußten von diesem Wagen runter. Irgendwie.
»Abspringen!« kreischte Jupp.
Zuerst schleuderten wir den Rucksack, den Tornister und den Seesack in die Landschaft. Dann raste der Wagen durch eine Art Hohlweg. An beiden Seiten ragte der Wegrain steil nach oben. Das war gut, das würde den Sturz abmildern. Jetzt oder nie! Jupp sprang los mit einem schrillen Apachenschrei. Ich machte die Augen zu und folgte ihm. Während ich durch die Luft schwebte, hörte ich Hansis lautes Stoßgebet. Da wußte ich, daß er die Zügel losgelassen hatte und auch abgesprungen war. Ich knallte hart auf, wirbelte durch Gestrüpp und hohes Gras, überschlug mich viermal, fünfmal, purzelte über schroffe Baumwurzeln und kullerte dann in den Graben. Als sich der Nebel vor meinen Augen lichtete, erkannte ich zwei vertraute

Gestalten, die Gras und Erde ausspuckend verwirrt die Köpfe hochreckten. Das Fuhrwerk war schon sehr weit weg.
Als wir uns versichert hatten, daß weder Hälse noch Rippen geknackt waren, brachen wir in albernes Gelächter aus. Wir krochen aufeinander zu, fielen uns um den Hals und hüpften, vom Lachkrampf geschüttelt, wie irre Rumpelstilzchen herum.
»Warum haben diese blöden Rappen denn bloß den Rappel gekriegt, diese Wahnsinnspferde, diese Teufel?« Hansi heulte und lachte gleichzeitig.
»Na, warum schon!« Jupp kreischte wie ein Verrückter. »Weil sie nicht wollten, daß der schöne Salat verwelkt!«
»Und weil die Frau Birner sonst grantig wird!« schrie ich.
Als wir uns nach und nach beruhigten und die Angst heruntergeschluckt hatten, sammelten wir unser Gepäck ein und beschlossen, auf keinen Fall nach Geisingen zu gehen, obwohl wir ja andererseits ganz gern gewußt hätten, wie das Pferdedrama ausgegangen war. Aber vielleicht würde man uns am Ende noch dafür verantwortlich machen, daß die bekloppten Rappen ein paar Häuser oder die Dorflinde umgerissen hatten. Wir trotteten den Weg abwärts und stießen auf ein spärliches Rinnsal, das immerhin sauber wirkte. Dort wuschen wir uns gründlich und kramten auch die Ersatzhemden aus. Wir kämmten uns sogar naß, weil es zu gefährlich war, wenn wir wie minderjährige Landstreicher aussahen. Hansis Schuhe waren in einem erbärmlichen Zustand. Die Sohlen hatten sich vom Oberleder gelöst, und nun klafften da richtige Krokodilrachen. Jupp hatte Mullbinden dabei und wickelte sie um Hansis Schuhe. Strenggenommen sah Hansi nun untenherum doch wie ein minderjähriger Landstreicher aus.
An einer Wegkreuzung hielt tuckernd ein uralter Ford-Taunus

an, obwohl wir gar nicht gewinkt hatten. Wir erschraken zuerst, als wir erkannten, daß ein Militärpolizist am Steuer saß, doch der Mann war eindeutig nicht im Dienst, denn sonst hätte er ja das Mädchen nicht bei sich gehabt, das mehr oder weniger auf seinem Schoß saß.
»Wollt ihr ein Stück mitfahren?« fragte das Mädchen.
»Aber immer!« gab ich zurück. »Wenn's nur in Richtung Donaueschingen geht.«
»Geht es«, sagte das Mädchen, »geht es.«
Also zwängten wir uns mit unseren Sachen schnell auf die Rückbank und sagten unser Sprüchlein von dem Tagesausflug, dem Verlaufen und der wartenden Verwandtschaft auf.
Der Soldat sang irgend etwas Französisches, schmuste und turtelte inbrünstig mit dem Mädchen und lenkte den Wagen mit dem kleinen Finger. Hansi hatte wieder rote Ohren und schaute angestrengt aus dem Seitenfenster.
Das Mädchen trug riesige Ohrringe und war grell geschminkt, doch ein Teil der roten Farbe war im Gesicht des Fahrers verteilt. »Seid ihr schon länger in Donaueschingen zu Besuch?« fragte sie und drehte uns ihr hübsches Gesicht zu.
»Erst ein paar Tage«, sagte ich.
»Aber die Donauquelle im Schloßpark habt ihr euch gewiß schon angeschaut, ja?«
Das verblüffte mich. Hatten wir denn nicht auf der Landkarte genau gesehen, daß sich in Donaueschingen die Flüßchen Breg und Brigach vereinigten und ab dann Donau hießen? Und nun sprach sie von einer Donauquelle. »Aber klar doch«, erklärte ich. »Die Donauquelle im Schloßpark haben wir uns gleich am ersten Tag angesehen. Eine wunderschöne Quelle!«
Jupp konnte es nicht lassen, seinen Protest gegen alle Arten

von Obrigkeiten zu äußern. »Obwohl ich mir ja eigentlich aus Schlössern nichts mache«, nörgelte er. »Da hausen nur Ausbeuter und Blutsauger.«
Das Mädchen übersetzte dem Franzosen, was Jupp gesagt hatte, und der ballte die rechte Faust, nickte eifrig und rief mit Singsangstimme: »Freieit, Gleischeit, Bruderlischkeit!« Und dann: »Hhhitler kaputt. Bumm!« Dann knutschte er weiter.
Hansi blieb stumm.
Wir bedankten uns wortreich, als die zwei Schmuser uns am Stadtrand von Donaueschingen absetzten. Ich glaube, wir drei Großstädter genossen es ähnlich, wieder durch eine Stadt zu laufen und große Häuser und viele Menschen zu sehen. Wir bildeten uns ein, unter so vielen Menschen gar nicht aufzufallen, und gaben uns Mühe, lässig und unbefangen zu wirken, doch es gelang nicht richtig. Ich fühlte mich die ganze Zeit von tausend Augen beobachtet. Nein, wir waren hier nicht sicher!
»Bloß nicht in die Läden reingucken!« warnte Jupp.
Er hatte recht. Da waren nämlich Brote und Würste zu sehen, dicke Käsebrocken, Massen von Gemüse, wunderschöne Eier und Gläser voll Honig. Ich merkte richtig, wie ich lange Zähne bekam. Doch wir hatten ja keine Lebensmittelkarten bei uns. Ohne solche Bezugsscheine waren Eßwaren nicht zu erstehen. Und wahrscheinlich galten die Kölner Lebensmittelkarten hier im Süden sowieso nicht. Mit den Reichsmarkscheinen, die wir als Taschengeld bei uns hatten, konnten wir uns auch nichts zu essen kaufen. Dieses Geld war ziemlich wertlos. Ich mußte ununterbrochen an die leeren Läden von Köln denken. Und ich war das Grünzeug aus den Bauerngärten so leid!
Nein, wir wollten kein Schloß und keine Donauquelle sehen:

wir wollten wieder raus aus der Stadt. Lange liefen wir auf der Landstraße westwärts, bis wir wieder in die Wälder eindrangen. Der Hunger quälte. Wir hatten uns nicht getraut, die Leute in der Stadt anzubetteln. Vielleicht waren wir auch zu stolz dazu. Da begnügten wir uns notgedrungen mit den wenigen Himbeeren, die wir am Rande einer Lichtung fanden.

»Ist euch klar«, fragte Jupp, »daß wir uns jetzt im Schwarzwald befinden? Hinter dem Schwarzwald kommt der Rhein.«

Schwarzwald!

Das Wort ließ mein Herz stärker schlagen. Dunkle Tannen, geheimnisvolle Schluchten, Waldeinsamkeit und Spukgestalten: solche Bilder tauchten in meiner Vorstellung auf. Das war wieder die abenteuerliche Waldläuferzeit, die uns erwartete. Ich saugte den Duft von Sommerhitze und betörenden Blütendüften in meine Lungen und war plötzlich von einer unerklärlichen Freude erfüllt. Es ging steil bergan. Der weiche Waldboden war von braunen Nadeln übersät. Zwischen den hohen Bäumen war die Sonne nicht zu sehen.

»Wie machen wir das denn, daß wir auch in der richtigen Richtung laufen?« wollte Hansi wissen.

Auf diese Frage hatte Jupp nur gewartet. »Hah, man kann es an den Bäumen sehen! An der Wetterseite sind die Stämme so grünlich bemoost. Das kommt vom Regen, der platscht immer dagegen. Und weil der Wind fast immer von Südwesten kommt, wenn's regnet, zeigt uns das grüne Zeug an den Bäumen an, wo Südwesten ist. Hier!«

Jupp kratzte mit den Fingernägeln grünen Belag von einem Buchenstamm ab.

»Mein lieber Mann!« Hansi staunte. »Du kennst dich aber aus!«

Jupp grinste überlegen. »Ich könnte mich praktisch in der tiefsten Wildnis zurechtfinden. Entscheidend ist, daß man niemals die Nerven verliert. Unser nächstes Ziel ist übrigens der Titisee. Ich habe die Karte befragt.«

»Hast du auch die Karte befragt, woher wir was zu mampfen kriegen?« fragte ich den großen Pfadfinder Jupp. Ich bekam aber keine Antwort.

Nach ungefähr zwei Stunden lichtete sich der Wald. Wir schauten in ein Tal und entdeckten zwischen ausgedehnten Wiesen einen Bauernhof. Ohne lange Beratung steuerten wir den Hof an.

Wir sahen im Näherkommen, daß das doppelstöckige Haus ein Holzschindeldach und verwitterte Bretterwände hatte. Auf dem Balkonsims wucherten leuchtende Blumen. Es gab zwei flache Schuppen und eine spitzgieblige Scheune. Hinter dem Bauerngarten weideten braune Kühe und Schafe. Aus einem der niedrigen Bauten tönte Schweinegrunzen. Da war auch eine Küche mit einem großen Kübel, in dem offenbar das Schweinefutter gekocht wurde. Wir blieben hinter der Haselnußhecke stehen und genossen das friedvolle Bild.

Aber was wir dann aus dem Wohnhaus schallen hörten, das war alles andere als friedvoll. Da keiften und fluchten zwei Menschen, daß wir vor Schrecken fast unser Gepäck fallen ließen. Ich hatte vorher nicht gewußt, daß ein Mann und eine Frau sich so schrecklich beschimpfen können. Am liebsten wäre ich weggelaufen. Aber es wurde Abend, und der Hunger kniff in den Därmen.

Hansi fragte mit zaghafter Stimme: »Wollen wir's da wirklich versuchen?«

»Nur Mut!« sagte Jupp. »Am besten geht erst mal nur einer. Ich

schlage vor, der Gereon macht's. Blonde Jungs üben auf Frauen die stärkste Wirkung aus. Das ist allgemein bekannt.«
Ich wollte gerade widersprechen, da kam die Kampfhenne mit schnellen Schritten aus dem Haus und eilte, noch immer wüst kreischend, zu dem brodelnden Schweinefutterkessel. »Du herrgottsakramentes Luder«: so nannte sie den Mann, der nun unter der Haustür stand und ihr nachschrie, sie sei eine Mißgeburt. Wir konnten erkennen, daß der Mann an Krücken ging. Die Frau lief in Holzpantinen und hatte sich ein giftgrünes Tuch um den Kopf gewickelt. Sie kam mir wie ein Schwergewichtsboxer vor. Nachdem sie zwei Eimer in den Kessel getunkt hatte, wuchtete sie die dampfende Brühe hoch und verschwand damit im Schweinestall. Das Gegrunze und Gequieke ließ darauf schließen, daß sie den Inhalt der Eimer in die Freßtröge geleert hatte. Dann stampfte sie wieder zum Haus zurück.
»Jetzt!« zischte Jupp mir zu.
»Aber…«
»Sei kein Feigling!«
Da biß ich die Zähne zusammen und ging kerzengerade auf die Haustreppe zu, wo die Frau und der Mann standen und mich anstarrten, als wäre ich ein Wesen aus dem Weltall.
»Grüß Gott!« rief ich so fröhlich, wie ich es unter diesen Umständen über die Lippen brachte. Und als die beiden nicht antworteten, sagte ich: »Meine Freunde und ich, wir machen eine Wanderung. Ich möchte mal anfragen, ob wir nicht ein bißchen zu essen bekommen könnten. Natürlich würden wir's abarbeiten. Holzhacken zum Beispiel.«
Aber da verbündeten der Kampfhahn und die Kampfhenne sich plötzlich, denn nun hatten sie einen gemeinsamen Feind, den sie beschimpfen konnten. Ihre Blicke waren wie Geschosse.

»Zigeuner, lumpiger!« brüllte der Mann. »Pack dich, aber ganz schnell! Rumtreibergesindel!«
Und die Frau gab sich alle Mühe, den Brüller noch zu übertreffen. »Bei Gott, ich schlag dir die Gosche ein, wenn du nicht in einer Minute vom Hof runter bist! Tagediebe und Bettelvolk dulden wir nicht!«
Sie wedelte mit den Armen, die dick waren wie Oberschenkel, er warf sogar eine seiner Krücken in meine Richtung. Weil mich der Zorn tapfer gemacht hatte, rief ich ihnen zu, daß sie Arschlöcher seien, und ergriff die Flucht.
Hansi und Jupp erwarteten mich am Waldrand und grinsten wie Schneekönige. Und dann begriff ich, wozu sie meinen Auftritt vor dem Bauernhaus genutzt hatten: zum Klauen nämlich.
»Mundraub«, verkündete Hansi, »Mundraub ist keine Sünde!«
Jupp hielt mir unseren Kochtopf vor die Nase. »Du hast sie prima abgelenkt, Gereon! Und wir haben in der Zeit zugeschlagen. Sieh dir nur diesen herrlichen Fraß an!«
Der Topf war randvoll. In der milchigen Suppe schwammen Kartoffeln, die kaum geschält waren, Brotrinden und Kohlstrünke. Das alles sah wie ein richtiges Mittagessen aus.
Mir fielen die Augen fast aus dem Kopf. »Das habt ihr doch nicht etwa...«
»Doch«, sagte Jupp, »das haben wir den Schweinen weggenommen. Was für Schweine gut ist, das ist auch für Menschen gut. Schweine und Menschen sind sich anatomisch sehr ähnlich.«
»Woher hast du diesen Spruch denn?« wollte ich wissen.
»Aus einem wissenschaftlichen Buch«, behauptete Jupp.
»Du und wissenschaftliche Bücher! Da muß ich aber lachen.«
Mir fiel in diesem Augenblick aber auch etwas Wissenschaftli-

ches ein. »Garantiert hatten die Schweine schon ihre Rüssel in dem Fressen. Ist euch klar, daß Schweine tödliche Krankheiten übertragen können? Klauenseuche, Schweinepest...«
Hansi winkte ab. »Wirst schon keine Klauenseuche kriegen! Erstens töten wir sowieso alle Bazillen, weil wir ja das Essen noch mal richtig aufkochen, und zweitens schütten wir viel Salz rein. Wie jeder weiß, wirkt Salz desinfizierend.«
Und Jupp fügte hinterhältig grinsend hinzu: »Außerdem war das Zeug noch im Eimer von der Bäuerin. Oder hätten wir für dich lieber was direkt aus dem Trog holen sollen?«
Das überzeugte mich schließlich.
Wir trugen nun den randvollen Topf abwechselnd wie einen kostbaren Schatz einen Waldhügel hinauf. Amseln riefen uns freundliche Grüße zu, ein Eichelhäher schwebte über unsere Köpfe hinweg und warnte alles Getier mit aufgeregtem Geschrei vor den drei Waldläufern; wir liefen in die Strahlen der tiefstehenden Abendsonne hinein und fühlten es wahrscheinlich gleichzeitig: Das ist das Leben!
Auf der Kuppe hatten Holzfäller einen kreisrunden Kahlschlag gemacht. Hier bauten wir unsere Feuerstelle auf. Wohlig räkelten wir uns im Moos, während unser Essen zu sieden begann. Wir hatten uns mit Jupps Messer Löffel aus Kiefernrinde geschnitzt. Hansi übernahm das Salzen, und er sparte nicht dabei.
Dann langten wir zu. Es war eine beglückende Mahlzeit. Jupp verkniff sich jede ketzerische Bemerkung, als Hansi sein Kreuzzeichen schlug. Satt und schön erschöpft schauten wir später den blitzenden Sternchen zu, die aus der heißen Glut aufstiegen, und lauschten dem Knacken und Zischeln der Scheite.

Der Mond hatte deutlich zugenommen. Nach und nach leuchteten Sterne auf. Außer der Großen Bärin kannte ich kein Sternbild, doch ich dachte mir zu den Formationen am Abendhimmel selber Figuren aus: Gesichter, Fabeltiere, silberne Türme. So saßen wir lange schweigend, überwach und träumend zugleich, und es war uns, als strahlten die Sterne nur für die Waldläufer. Bald loderte das ganze Firmament, und es war zum Verrücktwerden schön. Sternschnuppen zuckten mit den Feuerfunken um die Wette, doch wir wünschten uns nichts.
Jupp war es dann, der auf einmal aufstand und summend zu tanzen begann. Das steckte an. Verzückt und verzaubert drehten wir uns um unser Feuer und ließen uns wie trunken auf den weichen Boden fallen, als wir schwindelig geworden waren. Die Glut wärmte uns. Wir schliefen tief.
Diese Nächte in den Wäldern, diese strahlenden Tage! Ja, wir kamen gut weiter, wanderten über die Höhenrücken und versuchten gar nicht erst, abzusteigen ins Tal, um Fahrzeuge anzuhalten. In den Nächten kampierten wir im duftenden Farnkraut oder in Feldscheunen, oft bekamen wir auf einsamen Gehöften Brot oder Früchte oder Suppe.
Wir pflückten einmal Ähren ab und zerrieben die Körner, die reif waren, zwischen Steinen und machten mit Quellwasser einen Brei daraus. Salz hatten wir ja, doch uns war bald klar, daß uns zum Brotbacken irgend etwas fehlte. Unsere Fladen zerfielen im Feuer wie bröckliger Mörtel. Wir fanden flache Pilze, die waren groß wie Pfannkuchen. Jupp wußte zwar ihren Namen nicht, erkannte sie aber angeblich als eßbar. Wir brieten ein paar davon in unserem Topf und zogen Hölzchen, wer von uns sie als erster probieren sollte. Hansi verlor. Aber weil wir kein Fett hatten, verschrumpelten die Pilzstückchen

zu kleinen Kohlen, und da brauchte Hansi sein Leben nicht mehr zu riskieren.

Glück hatten wir mit dem Taubenbraten!

An einem kühlen Morgen, als wir durch das Geknalle von Gewehrschüssen aufgeschreckt wurden und schlaftrunken und in panischer Angst aus den Büschen taumelten, kamen wir zu einer königlichen Mahlzeit. Wir sahen Männer in Militäruniform, die mit Schrot in die Baumkronen schossen. Sofort warfen wir uns flach hin. Scharen von Wildtauben stoben kreischend auf, viele Vögel fielen zu Boden. Eine Taube flatterte noch ein Stück, doch kurz vor unserem Versteck stürzte sie ab. Sie zuckte noch ein paarmal mit den Schwingen, dann lag sie still. Die Männer, die ihre Beute einsammelten, bemerkten diese Taube nicht. Wir lagen hinter Brombeerranken auf den Boden gepreßt und schauten zu, wie die Wilderer weiterzogen.

»Das ist 'n Ding!« staunte Jupp. »Wie im Schlaraffenland. Da fallen einem die Tauben beinahe in den Mund.«

»Nur daß die Tauben im Schlaraffenland schon gebraten sind«, gab Hansi zu bedenken.

Jupp richtete sich auf. »Na! Es wird ja wohl nicht so schwierig sein, 'ne Taube zu braten!«

»Ist sie überhaupt richtig tot?« fragte ich.

»Klar«, stellte Jupp fest. »Aber einer muß sie ausnehmen. Ich stelle mein Messer zur Verfügung.«

»Heißt das, daß du kneifst?« wollte ich wissen.

»Ich kneife nie«, sagte Jupp, »daß das mal klar ist!« Er zeigte auf Hansi. »Aber wo du doch schon mal auf 'nem Bauernhof gearbeitet hast, wirst du wohl auch wissen, wie Ausnehmen geht.«

Hansi hob die Hände. »Ich kann das nicht!«
Jupp blieb hart. »Wer Fleisch ißt, der muß auch in der Lage sein, Tiere auszunehmen. Das hat mit Konsequenz zu tun. Komm mir bloß nicht mit Gefühlsduselei! Das ganze Gekröse muß raus. Oder wollt ihr den Braten vergammeln lassen?«
Hansi fing an zu jammern. Da redete auch ich auf ihn ein und war heilfroh, daß ich es nicht tun mußte, denn das hätte ich nie über mich gebracht. Hansi legte ein großes Ahornblatt über die Taube, damit er das alles nicht so genau ansehen mußte, und griff mit zittrigen Fingern nach Jupps Messer. Dann schaute er mit verquältem Gesicht zum Himmel, stieß plötzlich einen Indianerschrei aus, und dann machte es laut ratsch. Hansi schluchzte.
»Das Schlimmste hast du geschafft«, tröstete Jupp. »Schneid jetzt noch die Füße ab, und dann raus mit dem Gekröse.«
Hansi überwand sich heldenhaft. Ich schaute zur Seite. Das Rupfen übernahm Jupp. Es zeigte sich, daß das eine äußerst schwierige Angelegenheit war. Hansi hielt die ganze Zeit die Hände hoch, weil sie voll Blut waren. Erst als ich das Feuer entzündet hatte, kam er auf die Idee, sie am taunassen Gras abzuwischen. Sein Gesicht sah ziemlich grau aus.
Wir bastelten uns aus Astgabeln so etwas wie einen Drehspieß. Das Holzstück, an dem wir die Taube festgemacht hatten, fing immer wieder Feuer, und Jupp, der die Verantwortung für den Braten übernommen hatte, kam aus dem Pusten nicht mehr heraus, und er spuckte und hustete, weil ihm der Rauch ins Gesicht schlug. Der Taubenbraten wurde schwärzer und schwärzer, doch Jupp meinte, das müsse so sein. Er salzte reichlich.
Dann beschlossen wir, daß das Fleisch gar sei. Nachdem wir

mit den Zähnen die verbrannte Schicht abgeknabbert hatten, stießen wir auf wunderbar zartes Fleisch. Hansi wollte sein Stück zuerst nicht essen, aber dann wollte er doch.

An diesem Morgen wanderten wir sehr zügig weiter, weil wir wußten, daß es nicht mehr weit war zum Titisee. Hansis Schuhe schlappten schlimm. Ich hängte mir, damit er es ein wenig leichter hatte, seinen Tornister vor die Brust.

Wolken zogen auf. Eine Stechmückenschar begleitete uns. Aber wir waren guter Laune und sangen Karnevalslieder.

Die Pechsträhne

Das Hochgefühl stellte sich nicht wieder ein, das uns in jener Nacht gepackt hatte, als wir die Köpfe in den Sternenhimmel gestreckt hatten und dabei fühlten, wie sich die Erde unter uns drehte. Graue Schlieren zogen sich über den Himmel, der Wind war eingeschlafen. Ich spürte eine eigenartige Beklemmung und mußte unentwegt an zu Hause denken.
In der Nacht war mir sehr kalt gewesen, und ich hatte kaum geschlafen. Wir zogen an einem Zaun entlang, der eine steilabfallende Wiese begrenzte. Plötzlich tönte das Bimmeln einer Kirchenglocke herauf aus dem Tal, das in milchigem Dunst lag.
»Ich hab am Sonntag meine Christenpflicht nicht erfüllt«, sagte Hansi kleinlaut. »Vielleicht kann ich das hier nachholen.«
Jupp warf seinen Seesack ins Gras. »Willst du damit andeuten, daß du jetzt in diese Kirche da unten gehen willst? Du hast doch wohl 'ne Meise, du klerikaler Meßdiener, du! Wir müssen weiter.«
Ich schaute in Hansis betrübtes Gesicht, und da ergriff ich unwillkürlich Partei für ihn. »So'n Kirchgang könnte mir auch nicht schaden«, sagte ich. »Und auf die Stunde kommt es ja nun wirklich nicht an.«
Jupp fauchte: »Hansis Krankheit scheint ansteckend zu sein!« Er hob den Seesack wieder auf. »Schön, ich füge mich der

Mehrheitsentscheidung. Aber ihr erwartet doch hoffentlich nicht, daß ich mitgehe in so eine Indoktrinationsveranstaltung.«

»Indoktri... Was?« Hansi verstand nicht, was Jupp meinte.

»Vergiß es!« schnaubte Jupp.

Wir stiegen also ab ins Tal. Das Dorf war klein und wirkte unbedeutend. Die geweißte Kirche mit dem mickrigen Türmchen lag mitten im Friedhof. Jupp setzte sich auf einen Grabstein. Hansi und ich ließen unser Gepäck bei ihm.

Als ich die schwere Kirchentür aufzog, quietschte sie laut in den Angeln. Vier alte Frauen mit schwarzen Kopftüchern schauten sich neugierig um. Dann tuschelten sie miteinander. Hansi und ich gingen auf Zehenspitzen zur letzten Bank, dennoch platschten Hansis Schuhe wie Entenfüße. Wir knieten uns hin. Die vier Frauen drehten weiter an den Perlen ihrer Rosenkränze und beteten flüsternd.

Ein weißhaariger Priester las die Messe, ein Mann mit schrecklich buckligem Rücken ministrierte ihm. Der Priester sprach mit eintönig murmelnder Stimme seine Meßtexte, und mir schien, daß er seinen Meßdiener, die vier alten Frauen und Hansi und mich gar nicht wahrnahm.

Ich schaute die ganze Zeit das lächelnde Gesicht der Madonnenfigur über dem Seitenaltar an, das von warmem Kerzenschein beleuchtet wurde. Beruhigung ging von diesem rosigen Gesicht aus. Weil ich so müde war, verlor ich jedes Zeitgefühl. Es kann sein, daß ich im Knien geschlafen hatte. Hansi stieß mich an, als die Messe aus war und der Priester in der Sakristei verschwand. Der bucklige Ministrant löschte die Kerzenflammen.

Jupp erwartete uns ungeduldig. »Während ihr was für eure

Seelen getan habt, hab ich was für unsere Bäuche getan. Hier, Marmeladenbrote! Im Pfarrhaus hab ich die geschnorrt.«

Wir aßen im Gehen. Ein Forstweg führte sacht ansteigend zum Fichtenwald hinauf. Jupp erklärte, die Richtung sei in Ordnung.

Später kamen wir zu einem Hochplateau, auf dem nur vereinzelte Bäume standen. Auf der kargen Ebene wuchsen Ginster und Schlehdornbüsche. Wir sahen auch Heidelbeersträucher, doch die Früchte waren noch grün. Die Stangen eines morschen Hochsitzes ragten schwarz wie ein Galgen.

Jupp schlug ein scharfes Tempo an. Hansi quälte sich mit seinen Schuhen. Ich trug wieder seinen Militärtornister vor der Brust, aber der wog nicht schwer. Die paar Sachen, die wir bei uns hatten!

Ungefähr eine Stunde waren wir durch diese Heidelandschaft gezogen, da rief Jupp plötzlich: »Da ist schon wieder so'n komischer Hochstand!« Und dann blieb er wie angewurzelt stehen und brüllte: »Ich werde wahnsinnig!«

Doch Hansi und ich hatten es auch schon gemerkt: Wir waren im Kreis gelaufen. Den Hochstand kannten wir bereits. Wir setzten uns zwischen die kratzigen Grasbüschel und schwiegen erst einmal eine Weile. Ich fühlte mich ganz elend.

»Das kann passieren«, sagte Hansi dann. »Mit dem rechten Bein machen die meisten Leute längere Schritte als mit dem linken.«

»Klugscheißer!« knurrte Jupp.

Ich wischte mir mit dem Hemdsärmel den Schweiß aus den Augen. »Besser, wir gehen wieder ins Tal runter. Da können wir uns nach den Ortsschildern richten. Ich hab keine Lust, mich noch mal zu verlaufen. Bei so diesigem Wetter verliert man leicht die Orientierung. Was meint ihr?« Irgend etwas piekste mich an der linken Wade. Ich achtete nicht weiter darauf, weil ich dachte, das sei ein spitzer Grashalm oder eine Distel.

»Aber es ist langweilig, über die Straße zu latschen«, meinte Jupp. »Bis jetzt haben wir's doch ganz gut geschafft im Wald.«

»Bis jetzt«, sagte Hansi ziemlich matt. »Wenn es Regen gibt, wird es noch schwieriger.« Er blickte argwöhnisch zu der geschlossenen Wolkendecke hoch.

Wir achteten also genau darauf, daß wir möglichst geradeaus wanderten, und rutschten dann durch eine Waldschneise talwärts. An einer Straßenkreuzung zeigten uns zwei Jungen, die mit einer Handkarre voll Zaunpfählen unterwegs waren, die Richtung.

»Das ist aber noch ein schönes Stück bis zum Titisee«, erklärte der kleinere, und das hörte sich an, als wollte er sagen: Das schafft ihr zu Fuß nie im Leben!

Doch zunächst konnten wir fahren. Ein Händler nahm uns auf seinem Tempo-Lieferwagen mit bis zum nächsten Städtchen. Das uralte Dreiradauto stöhnte und stotterte und knirschte in allen Fugen, aber wir sagten uns: Schlecht gefahren ist immer noch besser als gut gelaufen. Und gar so gut war es mit unserer Lauferei ja auch nicht bestellt. Meine Wade juckte inzwischen heftig. Ununterbrochen mußte ich kratzen. Und dann, als wir wieder über die Landstraße trotteten, merkte ich, daß die Wade angeschwollen war.

»Das bedeutet nichts«, sagte Hansi. »Vom vielen Laufen kriegt man starke Muskeln.«

Jupp besah sich die Sache. »Hansi redet mal wieder Quatsch.

Als ob dem Gereon nur an einem Bein die Muskeln wachsen könnten! Da ist ja auch 'ne rote Stelle. Ich schätze, da hat irgendein Viech reingestochen. Wespe oder so.«
Er wickelte mir eine von seinen Mullbinden um den Unterschenkel, doch das bewirkte natürlich gar nichts. Mir kam es vor, als säße ein kleiner Zwerg in meiner Wade, der unentwegt mit einem Hammer klopfte. Ich biß auf die Zähne und humpelte weiter. Waldläufer sind zähe Burschen. Der Schmerz wurde aber immer schlimmer.
Hansi sah dann das Schild an dem roten Backsteingebäude. »Da! Blasius-Hospiz. Das ist garantiert ein Krankenhaus. Hospiz bedeutet jedenfalls so was.«
Jupp hatte Zweifel. »Blasius? Ich sage euch, das ist 'n Heim für Blasenkranke. Bettnässer kommen da rein. Oder Leute, die nicht richtig pinkeln können. Was weiß ich! Aber ob die Insektenstiche behandeln können…«
Hansi wieherte los. »Hör sich das einer an! Blasius, das war ein Heiliger! Hast du denn noch nie was von Sankt Blasius gehört?«
»Nö«, sagte Jupp. »Ihr wißt doch, daß so Heilige nicht zu meinem Bekanntenkreis gehören. Aber wenn ihr meint, daß das ein Krankenhaus ist, dann können wir ja einfach mal anklingeln.«
Es war kein Krankenhaus!
Kaum hatten wir die dämmrige Vorhalle mit dem Standbild des Bischofs Blasius betreten, da fielen alte Männer in Rudeln über uns her, befingerten uns, redeten mit zahnlosen Mündern auf uns ein und kicherten und feixten.
»Mensch, Gereon, das ist ein Altersheim!« zischte Jupp mir zu.

Ich schrie in den Lärm hinein: »Gibt es hier keinen Arzt? Ich muß mein Bein behandeln lassen! Bitte, wo ist hier ein Arzt?«
»Ist kein Doktor da! Ist kein Doktor da!« Der Mann mit der zur Hälfte aufgeribbelten Strickjacke hatte seinen Spaß. Er ging sogar in die Knie, um sich meine dicke Wade ganz aus der Nähe anzuschauen.
Ein dünner, hochgewachsener Greis, dem der Adamsapfel wie ein Ball im langen Hals hüpfte, drängte sich vor. »Ich war im ersten Weltkrieg Sanitäter!« verkündete er mit Piepsstimme. »Da gibt's nur eins.«
»W-w-was denn?« stammelte ich.
»Da muß man schneiden.« Der ehemalige Sanitäter bekam auf einmal leuchtende Augen. »Wir müssen ein Messer ausglühen.« Er faßte meinen Arm mit einer Kraft, die ich ihm niemals zugetraut hätte. »Ein ausgeglühtes Messer muß her! Aber ein scharfes!«
»Nein!« schrie ich und versuchte, mich loszureißen.
»Loslassen! Loslassen!« brüllten auch Jupp und Hansi.
Aber der Mann ließ nicht los, und nun halfen auch andere mit, mich tiefer in das Haus zu zerren. Man müsse eine Blutvergiftung vermeiden, hörte ich den Sanitäter kreischen. Ein Bleichgesicht, das von blutrünstigen Huronen zum Marterpfahl geschleift wird – so kam ich mir in diesem Augenblick vor.
Eine Nonne in schneeweißer Tracht rettete mich.
Ich rief ihr zu, als sie wie eine Taube geflattert kam: »Die wollen mich mit einem ausgeglühten Messer operieren!«
Die Nonne herrschte die Männer an: »Seid's mal wieder narrisch geworden? Habt's mal wieder den Rappel? Ins Tollhaus sollte man euch schaffen!« Sie schlug mit einem nassen Putzlappen den Pulk der Greise auseinander.

Ich dachte: Dies ist doch ein Tollhaus!
Die Nonne nahm mich bei der Hand und zog mich in einen kahlen Raum, der wie eine Gefängniszelle aussah und in dem sich eine Krankenliege und ein Medizinschrank aus Metall befanden. Hansi und Jupp folgten uns.
»Was hast denn gemacht mit deinem Bein, Bub?« Die Nonne schmetterte mich geradezu auf die Liege und griff nach meinem linken Bein.
»Irgendwas hat mich gestochen«, murmelte ich und merkte, daß sie gar nicht zuhörte.
Die Nonne quetschte meine Wade, bis aus dem Einstichloch eine glasige Flüssigkeit spritzte. Dann rieb sie mit einem Wattebausch etwas Rötliches auf die Haut, von dessen Geruch man beinahe ohnmächtig werden konnte, und machte einen essiggetränkten Wickel um mein Bein. »So, das genügt«, sagte sie.
Ich bedankte mich verwirrt.
Auf unsere zaghafte Frage nach einem bißchen Klostersuppe erhielten wir nur jeder einen Kanten Graubrot. Doch wir bekamen auch ein Stück Blumendraht für Hansis Schuhe.
Die alten Männer standen aufgereiht wie Zinnsoldaten im langen Flur, als wir dem Ausgang zustrebten. Sie lachten unschön aus ihren zahnlosen Mündern.
Jupp zischte mir zu: »Ich hab mich geirrt. Dies ist kein Altersheim, dies ist ein Irrenhaus.«
Ich widersprach ihm nicht.
Als der Alptraum vorbei war und wir wieder auf der Landstraße standen, reparierte Hansi, so gut es ging, seine klaffenden Schuhspitzen und erklärte dabei: »Der Heilige Blasius ist übrigens einer der vierzehn Nothelfer, und nach ihm ist der Blasiussegen benannt, der hilft gegen Halskrankheiten.«

Jupp sagte ernst: »Hansi, wenn du in meiner Gegenwart noch einmal das Wort Blasius in den Mund nimmst, trete ich dir so in den Hintern, daß du nie wieder gesund wirst.«
Hansi schwieg beleidigt.
Wir kamen an schmucken Schwarzwaldhäusern vorbei, wie ich sie von Bildern kannte, aber wir erfuhren, daß die Bewohner nicht zu ihren freundlichen Häusern paßten. Sie gaben uns nämlich nichts zu essen. Eine hübsche Frau, die geradezu aus der Operette von den Schwarzwaldmädeln zu stammen schien, drohte sogar mit den Fäusten und wollte einen Schäferhund auf uns hetzen. »Verkommenes Bettlerpack«, so nannte sie uns. Halbwüchsige schwangen Knüppel und warfen Steine. Ich schaute zu den herrlichen Waldhöhen hinauf und begriff nicht, daß in so einer Landschaft nicht lauter gütige Leute wohnten.
»Ich hätte Lust, ihnen die Häuser anzuzünden«, knurrte Jupp. Wir griffen da und dort durch Gartenzäune und rupften Kohlköpfe und Möhren aus, pflückten Gurken und Tomaten ab und rissen Büschel vom Schnittlauch und von der Petersilie aus. An einem Bachufer kochten wir uns eine Gemüsesuppe und schütteten viel Salz hinein. Hansi stellte sich auch ins Wasser, um mit den Händen eine Forelle zu fangen, er fing aber keine. Die Suppe schmeckte nicht schlecht, wir waren uns aber einig, daß ein bißchen Fett die Mahlzeit wesentlich verbessert hätte.
Glück hatten wir am Nachmittag. Das heißt, wir hielten es für Glück. Wer ahnt schon, daß es ein Unglück ist, wenn man aufgefordert wird, bei der Erdbeerernte zu helfen und dabei nach Herzenslust zu schlemmen!
Erdbeeren, reife Früchte, prall von Sonne und Süße! Das

Wasser lief uns im Mund zusammen, als wir durch den Maschendrahtzaun schauten. Die Gärtnerin winkte uns zu und rief, wir sollten kommen und beim Pflücken helfen. Und essen könnten wir, soviel wir wollten, es seien ja genug Erdbeeren da.
Das ließen wir uns nicht zweimal sagen. Wirklich, wir waren fleißige Pflücker, aber vor allem waren wir enorme Erdbeerenesser. Ich glaube, jede zweite Beere steckten wir uns in den Mund. Wann hatten wir in den letzten Jahren schon einmal solche Köstlichkeiten zu essen bekommen! Mit uns krochen zwei Mädchen und die Gärtnerin durch die Reihen der Pflanzen. Wir füllten sieben Körbe. Die Mädchen warfen uns kesse Blicke zu. Hansi wurde immer wieder rot.
»Mensch, Gereon, bin ich voll!« Jupp rieb sich den Bauch.
»So starke zehn Pfund hab ich bestimmt verputzt«, antwortete ich und merkte auf einmal, daß mir der Anblick der Erdbeeren gar keinen Spaß mehr machte. »Jetzt haben wir Kalorien für den ganzen Rest der Reise getankt.«
»Ich glaube nicht, daß Erdbeeren viele Kalorien enthalten«, sagte Hansi. »Aber gesund sind sie auf jeden Fall. Skorbut und solche Krankheiten, die kriegen wir bestimmt nicht mehr.«
Nein, Skorbut bekamen wir wirklich nicht, sondern eine andere Krankheit. Ich merkte es, als wir um den Abendbrottisch im Haus der Gärtnersleute saßen. Da stand eine gußeiserne Pfanne mit duftenden Bratkartoffeln auf dem Tisch, wunderbar triefende Speckscheiben dazwischen. Mein Kopf sagte: Junge, greif zu, solch ein Abendessen gibt es so bald nicht wieder! Mein Magen widersprach: Laß die Finger von den Bratkartoffeln, sonst mußt du kotzen! Ich quälte mich mit der

Entscheidung, ob ich auf den Kopf oder auf den Bauch hören sollte. Als ich die grünlichen Gesichter von Jupp und Hansi sah, wußte ich, daß meine Freunde mit ähnlichen Fragen beschäftigt waren.
»Mögt ihr denn die Bratkartoffeln nicht?« fragte der Gärtner.
»Doch«, hauchte Hansi, »sehr sogar. Das macht es ja so schwer.«
Die Gärtnerin erklärte es ihrem leicht begriffsstutzigen Mann.
»Sie haben zu viele Erdbeeren gegessen.«
Mit Trauer im Herzen und Zentnergewichten im Magen rutschten wir von den Stühlen, warfen klägliche Abschiedsblicke auf die Bratkartoffeln und auf die Mädchen, nahmen unsere Sachen auf und wankten mit weichen Beinen aus dem Haus.
Die kühle Abendluft tat uns gut. Wir schafften es noch ein Stück in den Wald hinein, bevor dann jeder für sich hinter einem Busch verschwand. Die Geräusche klangen schaurig. Anschließend hockten wir uns mit dem Rücken gegen die Einfriedung einer Tannenschonung nieder und haderten stumm mit dem Schicksal.
Schlapp wie Waschlappen kauerten wir da, drei Häufchen Elend. Die Jacken hatten wir um die Schultern gezogen, denn uns war lausig kalt, geschwächt, wie wir waren. Jupp war der erste, der einnickte und röchelnd zu schnarchen begann. Ich hatte einen ekligen Geschmack im Mund und sehnte mich nach einem Eimer Wasser. Hansi winselte im Schlaf wie ein Hund. Die Nacht brach herein.
Vielleicht träumte ich böse und bedrohliche Geschichten, erinnern konnte ich mich später allerdings nicht daran. Ich weiß nur noch, daß mich der Lärm, der lauter und lauter wurde und

sich rasend näherte, zunächst nicht sonderlich beunruhigte, weil mir so war, als fände er in meinem Schlaf statt. Hansis Schreckensschrei erst riß mich in die Wirklichkeit zurück.
Hansi leuchtete mit seiner Taschenlampe in die Schwärze hinein. Weil seine Hand zitterte, wackelte der Lichtkegel, aber ich sah trotzdem die dunkle Flut, die sich da heranwälzte, und das Gegrunze, Getrappel und Geschmatze ließ den Wald dröhnen.
»Wildschweine!« schrie Hansi.
Mit einer Geistesgegenwart, wie sie nur erfahrenen Waldläufern zu eigen ist, stürzten wir uns im Hechtsprung über die Umzäunung in die Schonung hinein, ratschten uns die Haut auf an den stachligen Bäumchen und am Dornengeranke, kamen aber wieder auf die Beine und hetzten einem großen Baum zu, dessen Schattenbild vor dem tintigen Nachthimmel ragte. Mein Wadenwickel hatte sich gelöst und flatterte wie eine Fahne hinter mir her. Mehrmals stolperte ich und hatte Mühe, Jupp und Hansi nicht aus den Augen zu verlieren. Die Wildschweine schnatterten höhnisch, wie Gelächter hörte es sich an. Wir rannten, daß die Lungen pfiffen, denn uns war klar, daß sich eine Wildschweinherde nicht von der Umzäunung einer Tannenschonung aufhalten läßt.
Rauf auf den Baum! Irgendwie!
Die Angst verlieh uns ungeahnte Kräfte. Keuchend krabbelten und kletterten wir am glatten Stamm hoch, behinderten uns gegenseitig, rutschten ab, versuchten es hastig wieder und wieder und klebten dann schwindelig und nach Luft ringend wie Katzen auf einem dicken Ast und wußten, daß wir außer Lebensgefahr waren. Die Wildschweine tobten in der Ferne und hatten uns anscheinend schon vergessen.

»Habt ihr die tückischen Augen gesehen?« Jupps Stimme hörte sich sehr fremd an.
»Und die Hauer! Armlange Hauer! Mit solchen Zähnen könnten die einen Menschen ruckzuck von unten bis oben aufschlitzen.« Hansis Stimme bebte nach von dem Schauder, den die Erscheinung der schwarzen Ritter bei ihm erzeugt hatte. Schlimmer hätte auch eine Schar von geschwänzten Teufeln ihn nicht durchschütteln können.
Mein Herzschlag hämmerte wie eine Dampframme. »Die Bachen«, flüsterte ich, »die sind noch grausamer als die Keiler. Wenn die Junge haben, so gestreifte Frischlinge, dann gehen die glatt über Leichen. Alles machen die nieder, alles! Wir haben viel Glück gehabt, Männer.«
»Das kannst du laut sagen!« bestätigte Jupp. »Und daß die sich so nah an bewohnte Gegenden ran trauen.«
Wir lauschten. Von weit weg hörten wir noch das Knacken und Brechen im Unterholz. Wir waren so geschwächt, daß wir uns kaum auf dem Ast halten konnten. Und die Jacken hatten wir in der Hast ja auch einfach von uns geschleudert.
Hansi sagte: »So eine Herde kann ein Kornfeld im Handumdrehen verwüsten. Als ob 'ne Bombe eingeschlagen hätte, so sieht das hinterher aus.«
»Ich will jetzt aber trotzdem vom Baum runter«, stöhnte Jupp, »mir tun alle Knochen weh.«
Hansi warnte. »Wildschweine sind hinterlistige Biester. Kann gut sein, daß die sich irgendwo versteckt haben. Die lauern uns auf. Wenn wir dann bei unseren Sachen ankommen, zack, sind sie auch da.«
Jupp baumelte aber schon mit den Beinen in der Luft herum und ließ sich dann auf den Waldboden plumpsen. »Ich lasse

mich lieber von 'ner Wildsau verstümmeln, als daß ich hier erfriere. Ihr könnt ja meinetwegen auf dem Baum bleiben.«
Wir folgten Jupp durch die Schonung zu unserem Lagerplatz zurück. Noch bevor wir Hansis Taschenlampe ertastet hatten, wußten wir, daß die Wildschweine mit unseren Sachen Fußball gespielt hatten. Die Erde war wie von Panzerketten durchpflügt. Hemden und Waschzeug und Jacken lagen weit verstreut herum. Hansi leuchtete uns, damit wir unsere Habseligkeiten einsammeln konnten. Mein Rucksack war zerrissen, die Landkarte war zu Konfetti verarbeitet worden, der Topf war platt wie eine Bratpfanne.
»Die haben meine Ersatzunterhose gefressen!« schimpfte Jupp.
»Und meine Schlafanzugjacke ist weg!« rief Hansi.
Mir fehlten ein Strumpf, ein ärmelloser Pullover und der Notizblock, in dem ich eigentlich alle meine Erlebnisse festhalten wollte, und das Stück Kernseife hatten die Viecher auch verspeist. Hansi, Jupp und ich kuschelten uns in eine Mulde, streckten die Füße in den Tornister, den Seesack und den aufgeschlitzten Rucksack und zogen die Jacken eng um die Schultern. So verbrachten wir den Rest der Nacht.
Der neue Tag zog farblos herauf. Alles erschien mir grau und stumpf. Das Licht hatte keine Kraft. Obwohl die Morgenluft nicht warm war, wirkte sie stickig und schwül.
Wir folgten einem Pfad, der in engen Windungen bergab führte, und kamen noch vor Mittag am Ufer des Titisees an. Der Wasserspiegel lag bewegungslos wie Blei. Nur wenige Leute waren zu sehen: Angler, ein paar ausländische Soldaten mit Fotoapparaten, Spaziergänger, die wie Urlauber aussahen. Die Hotels und Gasthöfe waren noch nicht wieder geöffnet, weil die Lebensmittel rationiert waren. Wir waren enttäuscht

von dem Bild, das sich uns bot. Das kam wahrscheinlich von dem bedrückenden Wetter.

Jupp betrachtete aufmerksam einen Fetzen der Landkarte. »Wir gehen am besten am Ufer entlang. Das verläuft einigermaßen in westlicher Richtung.«

Einige Kinder planschten lärmend im seichten Wasser einer kleinen Bucht herum. Warum wir uns nicht anstecken ließen und ein Stück in den See hinausschwammen, weiß ich nicht. Eine seltsame Unruhe hatte uns erfaßt.

Hansi entdeckte das Boot im Röhricht. Natürlich hätte es uns stutzig machen müssen, daß da einfach ein Ruderboot lag und nicht einmal angekettet war. Die beiden Ruder waren mit den Blättern nach oben in den Schlick gerammt worden. Wir schauten uns an und waren uns einig.

»Nix wie rein!« jubelte Jupp. »Wir reisen ein Stück auf dem Seeweg.«

Wir warfen unsere Sachen an Bord und schoben mit vereinten Kräften das Boot ins Wasser. Hansi erklärte, er habe schon oft gerudert und legte sich, als wir vom Ufer abgestoßen hatten, mächtig in die Riemen. Jupp und ich hockten uns auf die Heckbank und erledigten unsere Morgenwäsche. Schon bald waren wir mehr als zweihundert Meter weit in den See hinausgefahren. Hansi machte seine Sache wirklich gut. Die kreischenden Kinder waren nicht mehr zu sehen und zu hören.

»Häj, Gereon, spritz nicht so rum!« maulte Jupp.

»Ich spritze doch gar nicht rum!«

»Ach nee! Und was ist das?« Jupp zeigte auf die Pfütze zu seinen Füßen. Doch plötzlich machte er riesengroße Augen und pustete die Luft aus den Backen. »Verdammt, der Kahn ist leck!«

In diesem Augenblick wurde mir klar, warum das Boot so einfach im Schilf gelegen hatte. Wir hatten ein kaputtes Ruderboot geklaut. Wo die Pfütze geschimmert hatte, sprudelte inzwischen ein kleiner Springbrunnen, und auch durch andere Ritzen im Boden drang Wasser ein.

Hansi wendete sofort den Kiel dem Ufer zu und ruderte hastig und völlig planlos. »Ausschöpfen! Los, ausschöpfen!« schrie er uns an. »Nehmt den Kochtopf!«

»Der Pott ist doch hin!« rief Jupp verzweifelt. Er kramte aber dennoch den zerquetschten Topf aus dem Seesack und fing sofort an zu schippen.

Ich half mit den hohlen Händen, so gut es eben ging. Das Wasser gluckerte, der Kahn füllte sich bedrohlich. Ich fürchtete schon, wir müßten über Bord springen und unsere Sachen schwimmend ans Ufer retten, da kamen wir in niedriges Wasser. Das tiefliegende Boot geriet schrappend auf Grund. Hansi warf die Ruder weg und langte sich seinen Tornister. Jupp und ich waren schon ausgestiegen. Wir wateten durch schlammiges Wasser und erklärten lachend die Seereise für beendet.

Doch am Ufer gab es eine neue Überraschung, und die war weniger lustig. Da standen zwei Männer und erwarteten uns. Sie wirkten schmuddelig und abgerissen, aber was mich fast in Todesangst versetzte, das war ihr böses Grinsen.

»Vorsicht«, flüsterte Jupp, »das sind Tramps!«

»Das ist aber eine feine Rudergesellschaft!« Der schwere Mann mit der fleckigen Schaffellweste klatschte in die Hände. Mit seinen Stimmbändern war etwas nicht in Ordnung. Sie schnarrten.

Der jüngere Mann mit dem dünnen Kinnbart hielt einen

Knotenstock mit beiden Händen, wie ihn sonst wandernde Handwerksburschen bei sich haben. »Ich wette, das sind drei Wassermänner.«

Außer den beiden Männern war niemand zu sehen an dieser einsamen Uferstelle. Wir wußten, daß keine Hilfe zu erwarten war. Was hatten die Männer vor? Ich glaubte in ihren Gesichtern Mordgier zu erkennen.

»Dann zeigt uns doch mal, was ihr Schönes in euren Taschen habt!« forderte der mit der Schnarrstimme. »Da sind wir richtig gespannt drauf.«

Wir standen noch bis zu den Knien im Wasser, die zwei Männer waren schräg über uns und konnten uns den Weg versperren. Trotzdem versuchten wir instinktiv die Flucht. Jupp warf dem Ziegenbartmann seinen Seesack vor die Brust und versuchte, seitlich auszubrechen und so ans Ufer zu kommen. Der schwere Mann konnte sich anscheinend nicht entschließen, ob er zuerst Hansi oder zuerst mich packen sollte, und diese Sekunde nutzten wir aus. Wir spritzten ihm Wasser ins Gesicht und hetzten platschend an ihm vorbei auf den Kies. Ich hörte hinter mir den Mann fluchen. Offenbar war er ausgerutscht. Schon dachte ich, wir könnten entfliehen, da hörte ich Jupps schrillen Schrei. Ich fuhr herum.

Jupp war mit den Hosenträgern an einem Busch hängen geblieben. Er schlug wild um sich, kam aber nicht schnell genug frei, und dann war der junge Mann schon hinter ihm und drosch mit dem Knotenstock los.

»Wir müssen Jupp helfen!« brüllte ich. »Der erschlägt ihn!«

Hansi riß sich den Soldatengürtel vom Leib, um mit der Schnalle zuzuschlagen, doch da rutschte ihm die Hose auf die Füße, und er strauchelte. In diesem Moment spürte ich einen

so heftigen Faustschlag im Nacken, daß ich Sterne sah und zu Boden ging. Die beiden Männer hauten mit schrecklicher Brutalität auf uns ein. Wir versuchten, unsere Gesichter vor den Schlägen zu schützen, aber die Tramps waren viel zu stark für uns dünne Heringe. Wir lagen hilflos im Uferkies und heulten vor Schmerz und vor Zorn.
Während der Mann mit dem Kinnbart mit schlagbereitem Stock über uns stand, filzte der andere unsere Taschen. Er zerrte alle Sachen aus dem Gepäck und schleuderte, was er nicht brauchen konnte, ins Wasser. Das Klappmesser steckte er ein, die Taschenlampe, das Präriefeuerzeug. Dann pfiff er seinem Kumpanen. Die beiden Männer schlugen sich in die Büsche. Ihr Gelächter schmerzte mir in den Ohren. Ich bebte vor ohnmächtiger Wut.
Aus Hansis Nase lief ein Blutfaden. Jupps Lippen waren aufgeplatzt, und seine Backenknochen schienen zu glühen. Mir dröhnte der Schädel, und ich schluchzte haltlos.
Jupp erhob sich als erster. »Hinterher!« keuchte er.
Doch da brach das Gewitter los. Ich hatte vorher niemals solch ein Unwetter erlebt. Die Blitze explodierten geradezu. Es stank nach Schwefel. Ohrenbetäubend krachten die Donner Schlag auf Schlag. Der Regen stürzte mit solcher Gewalt, daß mir war, als müßte ich ertrinken. Der See schien zu kochen.
Ich sah, daß Hansi mir etwas zurief, doch seine Worte wurden von dem höllischen Getöse verschluckt. Er zeigte zu einer Trauerweide. Wir krochen auf allen vieren unter das Blätterdach, doch es konnte uns nicht schützen vor den Wassermassen. Die Blitze zogen strahlende Streifen über den dunkelbraunen Himmel. Das ganze Land schien zu beben.
»Die Welt geht unter!« brüllte Jupp mir ins Ohr.

Hansi wimmerte: »Das ist das Jüngste Gericht!«
Ich preßte den Kopf auf die Erde und hielt mir die Augen zu. Und da glaubte ich, meine Eltern vor mir zu sehen, meine Schwestern. Ich hätte weinen können vor jähem Heimweh. Sturmböen fegten durch den Ufersand, Äste stöhnten, Zweige peitschten, und Hagel prasselte auf uns nieder.

Nach dem Gewitter

Irgendwann hatten sich Blitze und Donner, Sturm und Hagel ausgetobt, irgendwann flöteten die Amseln wieder, irgendwann erwachten wir Waldläufer aus der Erstarrung, verwundet von den Tramps, fast erfroren vom Kälteeinbruch. Auf dem See tanzten Schaumkronen.
Hansis Tornister trieb wohl irgendwo auf dem Wasser. Meinen Rucksack, den schon die Wildschweine aufgeschlitzt hatten, ließ ich liegen. Die wenigen Kleidungsstücke, die wir wiederfanden, stopften wir in Jupps Seesack. Dann torkelten wir auf dem Uferpfad zurück zu den Häusern, denn wir sehnten uns plötzlich nach Menschen.
Da stand ein Holzhaus am Rande des Dorfes, das kam mir vor wie eine Blockhütte auf einer Lichtung in den unendlichen Wäldern Alaskas, und ich fühlte mich wie einer, der die monatelange Einsamkeit der Wildnis in den Knochen hatte. Der Hagelsturm hatte den Blumengarten verwüstet.
Hinter einem Fenster sah ich das Gesicht einer Frau. Die Frau winkte uns zu. Wir schüttelten uns wie nasse Hunde, als wir über die Schwelle traten. Die Frau betrachtete uns ernst. Sie hatte das graue Haar straff zu einem Knoten zusammengebunden. Ihr Gesicht war schön. Vielleicht war die Frau vierzig Jahre alt oder fünfzig oder sechzig, sie wirkte auf mich merkwürdig alterslos. Die Frau trug ein dunkelblaues Kleid mit Perlmuttknöpfen. Sie führte uns in die Küche und forderte uns auf, die nassen Sachen auszuziehen.

»Nackt ausziehen?« Hansi faßte sich verwirrt an den Mund, dann wurde er von einem Hustenanfall geschüttelt. »Wir können uns doch nicht nackt ausziehen!«
»Doch, das könnt ihr wohl«, sagte die Frau. »Wollt ihr euch etwa den Tod holen? Macht kein Theater. Meint ihr vielleicht, ich hätte noch niemals nackte Jungen gesehen?« Sie schüttelte den Kopf, als könnte sie unser Zögern nicht verstehen.
Jupp machte den Anfang. Er streifte die Hosenträger von den Schultern. Da zog ich mein klatschnasses Hemd über den Kopf. Hansi drehte sich zur Wand und ließ die Hose fallen. Und als wir dann splitternackt vor dem Küchenherd standen, der wohlige Wärme verströmte, langte sich die Frau Hemden, Hosen, Jacken und Unterzeug vom Fußboden auf und trug die Sachen durch eine Schiebetür in den Anbau, wo ein Wäschekessel stand. Sie knubbelte Zeitungspapier zusammen und stopfte es ins Ofenloch, dann legte sie Brennholz darüber und entzündete das Feuer.
»Ich werde eure Sachen auswaschen«, sagte sie.
Wir waren verwundert über die Selbstverständlichkeit, mit der sie für uns sorgte. Sie fragte nicht nach unseren Namen, fragte nicht, woher wir kämen und wohin wir wollten. Sie ließ in der Waschküche den Holzbottich unter dem Wasserhahn vollaufen und schüttete aus einem großen Kessel, der auf dem Küchenherd gestanden hatte, kochendheißes Wasser dazu.
»Jetzt schrubbt euch erst einmal gründlich ab!« Sie legte Seife, Handtücher und eine Wurzelbürste neben den Bottich. »Und wascht euch auch die Haare!« Unsere Schuhe stellte sie auf die Ablaufrinne des Spülbeckens, das heißt: nur die Schuhe von Jupp und von mir. Hansis kaputte Latschen schaute sie nur kurz an und warf sie dann in den Abfallkübel.

Hansi machte große Augen, widersprach aber nicht.
Wir stellten uns nebeneinander in den Holzbottich und seiften uns ein. Die Frau machte sich in der Küche am Herd zu schaffen. Das Feuer unter dem Wäschekessel knisterte. Bald wurde es warm in der engen Waschküche. Der Dampf unseres Waschwassers nebelte uns ein.
»Tut das gut!« Jupp schaufelte sich mit den Händen Wasser über den Kopf und prustete wie ein Walroß.
Das steckte an. Wir platschten ausgelassen und entspannt und vergaßen fast die schlimmen Stunden dieses Tages. Die Frau kam herein und lächelte leicht, als sie uns so herumalbern sah. Sie weichte unsere Kleidungsstücke in einer Wanne ein und ging dann in die Küche zurück.
Erfrischt und sauber stiegen wir aus dem Bottich. Wir betasteten die Körperstellen, an denen die beiden Tramps uns getroffen hatten, und ließen Arme und Beine kreisen. Das war ein herrliches Gefühl, das Blut in den Adern kribbeln zu spüren.
»Sag mal, Hansi«, fragte Jupp fröhlich, »ist die Frau 'ne Heilige? Du hast doch Ahnung von Heiligen. Oder wie sehe ich das?«
Hansi gab aber keine Antwort, weil er plötzlich geradezu entsetzt zur Fensterluke starrte. »Da!« stieß er hervor. »Da!«
Wir folgten seinem Blick und sahen Mädchengesichter, die sich gegen die Scheibe preßten. Lachende Mädchen, die Stielaugen machten und voll Überraschung staunten, als erblickten sie unvermutet den Weihnachtsmann. Hören konnten wir sie nicht durch das Glas, doch wir sahen sie kichern und glucksen.
»Weg! Weg!« Da kam auf einmal Bewegung in den erschreck-

ten Hansi. Er raffte ein Handtuch und schlang es sich um die Hüften. »Haut schon ab! Wollt ihr wohl?«
Jupp und ich kriegten uns vor Lachen kaum noch ein, als wir da den verschämten Hansi sahen, der sich am liebsten in ein Mauseloch verkrochen hätte. Daß die Mädchen ihn nackt gesehen hatten! Für ihn war das allem Anschein nach eine Katastrophe.
Jupp wieherte: »Mensch, Hansi! Hast du Schiß, daß sie dir was weggucken?«
Hansi hustete wieder. Dann stammelte er: »Das ist Unkeuschheit! Da brauchst du gar nicht so zu geiern, du Blödian.«
Die Frau schaute durch die Tür. »Ist etwas passiert?«
»Mädchen!« Hansis Stimme bebte noch von dem Schreck. »Da waren Mädchen am Fenster!« Er drehte sich so, daß die Frau ihn nur von hinten sehen konnte, und zeigte mit der linken Hand zum Fenster. Mit der rechten hielt er das Handtuch fest.
»Ach, diese Küken«, sagte die Frau nur. »Die Mädchen vom Nachbarhaus. Sind halt ein bisserl neugierig.« Die Frau wandte sich wieder den Töpfen auf dem Küchenherd zu.
Später, als wir uns abgerubbelt hatten, bekamen wir große Männerhemden, die reichten uns beinahe bis zu den Füßen. Im Wohnzimmer hatte die Frau den Tisch für uns gedeckt. Mir kam das alles wie ein Traum vor. Ich sah Mengen von Büchern in den Regalen an den Wänden. Sogar welche mit Lederrücken! Und gerahmte Bilder hingen überall da, wo noch ein bißchen Platz war an der Tapete: Kohlezeichnungen, Wasserfarbengemälde, Bleistiftskizzen. Alle waren mit einem schnörkligen A signiert. Auf einer Zeichnung erkannte ich das Bildnis der Frau. Das Gesicht wirkte ein wenig jünger, das Haar war schwarz.

»Der Alois hat alles gemalt«, sagte die Frau. »Mein Sohn. Er wollte Maler werden, ist aber nicht heimgekommen aus dem Krieg. Mein Mann auch nicht. Er war Lehrer hier im Dorf und ist an der Westfront gefallen.« Das sprach sie noch mit ruhigen Worten, doch dann verlor sie für einen Moment die Fassung. »Dieser niederträchtige Krieg!« Die Frau stemmte sich mit beiden Händen auf die Sofalehne. Ihre Fingerknöchel wurden ganz weiß. Dann hatte sie sich wieder in der Gewalt. »Seid froh, daß ihr verschont geblieben seid«, flüsterte sie.
»Aber mein Vater…« Hansi mußte wieder scheußlich husten. Vielleicht wollte er auch nicht weiterreden, sondern der Frau nur mitteilen, daß auch seine Familie nicht verschont worden war.
Hatte Jupp Tränen in den Augen? Er knurrte: »Scheißkrieg!« Es konnte aber auch sein, daß er sich das Gesicht nicht richtig abgetrocknet hatte. »Ich heiße Jupp«, sagte er ganz unvermittelt.
Ich sagte: »Ich heiße Gereon.«
Hansi nannte auch seinen Namen und fügte hinzu, daß wir auf dem Heimweg nach Köln seien. Die Frau nickte nur, mehr wollte sie von uns zunächst wohl nicht wissen. Mir fiel auf, daß sie anscheinend bewußt ihren Namen verschwieg.
Und dies wurde mir klar, als wir da in den Männerhemden auf hochlehnigen Stühlen im Wohnzimmer der fremden Frau saßen: Der Landschaft und den Orten hier im Schwarzwald sah man es nicht an, daß gerade ein Krieg vorbei war. Es gab keine verbrannten Häuser und keine Trümmerberge und wahrscheinlich auch keinen Hunger, doch die Menschen, die hier lebten, waren auch nicht heil entkommen. Das schöne Bild täuschte. Da gab es Narben genug.

»Alois wäre jetzt einundzwanzig«, sagte die Frau. »Der Hagel hat alle Blumen umgeknickt.«

Hansi bekam einen großen Becher Milch mit Honig gegen seinen Husten. Für Jupp und mich stellte die Frau Kaffee aus gerösteten Gerstenkörnern auf den Tisch und eine Kanne mit Milch dazu. Die Milch für Hansi war heiß, die für uns kalt. Die Frau setzte sich nicht zu uns, sondern kümmerte sich in der Küche um das Essen. Aber das Radio, das auf dem Vertiko stand, schaltete sie ein. Es war ein Volksempfänger, wie wir zu Hause auch einen gehabt hatten, bevor unsere damalige Wohnung von Sprengbomben zerstört worden war. Vor allem markige Marschmusik hatten sie damals gesendet und Nachrichten von den Fronten, an denen die deutsche Wehrmacht angeblich überall im Vormarsch war. Erst hinterher begriffen die Leute dann, daß es Lügen gewesen waren.

Doch jetzt tönte andere Musik aus dem Radioapparat. Beschwingte Klänge waren das, wie ich sie vorher nie gehört hatte, Rhythmen, die mir die Füße zucken ließen. Da musizierte ein riesiges Orchester, dessen Musiker ganz gewiß vor Freude lachten. Das schwoll an und wurde leise, um dann jubelnd aufzubrausen. Ich sah vor mir Männer und Frauen zu diesen Tönen und Takten stampfen und tanzen. Welche Instrumente diese Musik erzeugten, konnte ich nicht erkennen.

»Jazz«, sagte Jupp. »Solche Musik wird Jazz genannt. Die Militärkapellen der Amis spielen so. Klingt klasse, wie? Bei Hitler war die Jazzmusik verboten. ›Entartete Negermusik‹, so nannten die Propagandafritzen der Nazis das. Man kam ja in den Knast, wenn man heimlich ausländische Sender abhörte. Wehrkraftzersetzung.«

»Mensch, Jupp, was du alles weißt!« Hansi staunte.

»Eigentlich kaut man Kaugummis zur Jazzmusik«, erklärte Jupp. »Ja, ich weiß eben Bescheid. Hört ihr die Posaunen? Und das jetzt: gestopfte Trompeten. Und was da so hoch trillert, das sind die Klarinetten. Am wichtigsten ist der Trommler.«
»Und das?« fragte ich und lauschte zum Radio hin. »Was sind das für Instrumente?«
»Saxophone.« Kenner Jupp breitete die Arme aus, als wollte er sagen: Wie kann man nur so dämlich fragen!
»Ich hab zu Hause eine Ziehharmonika«, sagte Hansi.
»Und meine Schwestern blasen Blockflöte!« fauchte ich Hansi an. Was hatte seine Quetschkommode mit dieser herrlichen Musik zu tun!
»Ich mein ja nur«, nörgelte Hansi beleidigt.
Die Spucke lief uns im Mund zusammen von den Düften, die aus der Küche wehten. Das Bad, die Musik, die Vorfreude auf das Essen: ich fühlte mich so, als schwebte ich.
»So eine Frau!« Jupp schaute uns in die Augen. »Ich bin sicher, daß sie 'ne Heilige ist. Eine von den vierzehn Nothelferinnen. Häj, Meßdiener, wo bleibt die Bestätigung?«
Hansi brauchte nichts mehr zu bestätigen, weil die Frau in diesem Moment einen Berg Pfannkuchen hereintrug. Richtig mit Eiern gemacht! Ich konnte es riechen. Ahornsirup gab es dazu und Graubrotscheiben. Auf den Gurkensalat war ich zwar nicht besonders scharf, doch da waren so feine Kräuter darübergestreut, daß ich gern mein Schüsselchen leerte. Nachdem der gröbste Hunger gestillt war, taten Hansi, Jupp und ich ein bißchen zurückhaltend und ließen uns immer wieder auffordern, noch einen Pfannkuchen zu nehmen. In Wirklichkeit hätten wir uns am liebsten wie ausgehungerte Löwen auf

das leckere Essen gestürzt. Die Lebenskräfte kehrten zurück, Hansis Husten hörte auf, der Stapel war bald abgetragen. Natürlich achteten wir genau darauf, daß keiner mehr abbekam als die anderen. Die Frau schaute uns Essern nur zu. Sie nippte an ihrer Teetasse.
»Das war gut!« stöhnte Hansi auf.
»Ich freue mich, daß es euch geschmeckt hat«, antwortete die Frau. »Es erinnert mich an damals.«
Da hielten wir einfach den Mund, denn wir merkten, daß die Frau traurig war, obwohl sie lächelte. Jupp stellte sogar die Radiomusik leise. Dünnes Abendrot schimmerte durch das Fenster herein. Das ließ auf gutes Wetter schließen.
Kamillentee tranken wir später. Das schütze vor Erkältungen und sorge für guten Schlaf, meinte die Frau. Sie hatte den Tee mit Honig gesüßt. Wir spielten zu viert Halma. Unsere Sachen waren zum Trocknen in der Küche über dem Herd aufgehängt. Eine scheue Katze schnürte eilig um unsere Beine und zog sich dann schnurrend zurück.
»Sie kommt nur manchmal zu Besuch«, sagte die Frau, »sie wohnt nicht bei mir. Niemand weiß, wohin sie gehört. Vielleicht nirgendwohin.«
»Katzen sind schon merkwürdige Tiere«, meinte Jupp, dabei hatte er garantiert keine Ahnung von Katzen, weil er immer nur in der Großstadt gelebt hatte.
»Alois hatte mal einen weißen Kater, der legte ihm immer tote Mäuse ins Bett«, sagte die Frau. »Was ist euer nächstes Ziel?«
Ich leckte den Honigrest aus meinem Teebecher. »Der Rhein. Wir müssen zum Rhein. Und dann stromabwärts.«
Die Frau überlegte kurz. »Ich frag mal beim Kretzer nach.

Kann sein, daß ihr ein Stück mit ihm fahren könnt. Ich will's nicht versprechen, aber Nachfragen schadet ja nicht. Geht jetzt schlafen. Ihr werdet müde sein.«

Das war ein seltsames Bild, als wir in den schlotternden Männerhemden der Frau zum oberen Geschoß folgten, wo alle Wände schräg waren. In einem Zimmer waren zwei Betten aneinander gerückt. Auch hier hingen Bilder. Sie waren ohne Rahmen an die Schrägen geheftet. Das Zimmer kam mir vor wie ein großes Zelt. Hatte Alois hier gewohnt? Hatte die Frau hier mit ihrem Mann geschlafen? Die Frau öffnete das Fenster. Frische Luft zog herein. Lichter vom Dorf spiegelten sich in den Scheiben. Da waren auch Stimmen zu hören.

»Habt ihr Platz genug?« fragte die Frau.

»Und wie!« Jupp kicherte. »Wir haben schon zu dritt in einem Bett geschlafen. Aber das ist lange her.«

»Dann gute Nacht!« wünschte die Frau. »Und vergeßt nicht, das Licht zu löschen. Stolpert nicht auf der Treppe, wenn ihr mal zum Klosett müßt. Kamillentee treibt.«

»Gute Nacht!« riefen wir.

Die Frau hob leicht die Hand, dann verschwand sie. Wir hörten sie noch eine Weile in der Küche unten werkeln. Hansi knipste die Lampe aus. Wir zogen die Zudecken über uns und lagen zuerst ganz still da. Ich konnte den Mond sehen, der war halbvoll. Dann und wann hustete Hansi ins Kopfkissen.

Er war es dann, der das aussprach, was auch Jupp und ich dachten. »Männer, ich sag euch, wenn wir in diesem Haus unsere Ferien verbringen könnten! Erholen und sattessen und so. Das wär was!«

Jupp schlief bald ein. Er hatte die Beine hoch an den Körper

gezogen und hielt den Daumen an die Lippen. Sein Atem ging ruhig. Ich hatte einmal eine Zeichnung gesehen: Embryo im Mutterbauch. Daran mußte ich denken, als ich Jupp so im Halbdunkeln schlafen sah. Hansi wälzte sich erst unruhig hin und her, ehe er nach einem jaulenden Seufzer in Schlaf fiel. Seine rasselnden Schnarchtöne gingen mir auf die Nerven. Mehrmals hielt ich ihm die Nase zu, aber es half nicht.
Ich war noch lange wach. Wenn die Kirchturmuhr hell anschlug, zählte ich die Schläge nicht. Ich genoß diesen Zustand zwischen Müdigkeit und Überwachheit, so gut es bei Hansis Geröchel ging. Dicht beim Haus schrie ärgerlich eine Katze. Vielleicht war es die grau-weiß gestromte, die zu niemandem gehörte. Ich sah wieder und wieder das ruhige Gesicht der schönen Frau vor mir. Saß sie noch wach im Wohnzimmer? Oder schlief sie längst im Zimmer nebenan? Mein Herzschlag ging schneller. Andere Bilder zogen durch meine Vorstellung: der Überfall der brutalen Tramps, die tote Wildtaube, der Gaul mit dem Hängebauch vom Seppersbauern…
Die Bilder zerflossen, ich glitt in den Schlaf hinüber und kam endlich zur Ruhe. An Träume erinnerte ich mich später nicht. Schon früh krähten Hähne. Irgendwo wimmerte der Treibriemen einer Maschine los. Die Haustür schlug. Hansi hustete sich den Hals frei. Jupp reckte und streckte sich und verkündete lauthals, während er sich aus dem Bett wälzte, er gehe jetzt erst einmal wunderschön strullen, weil er einen sagenhaften Überdruck auf der Blase habe. Ich war traurig und wußte nicht, warum.
Unsere Hemden, Hosen und Strümpfe waren über Nacht getrocknet. Wir fanden die Sachen gebügelt, als wir in die Küche kamen. Die Frau war nicht da. Wir wuschen uns am

Spülbecken und zogen uns an. Hansi stand ratlos da, weil er keine Schuhe hatte. Als ich durch das Fenster schaute und nach den verwüsteten Blumenbeeten sah, bemerkte ich den jungen Mann mit der Pfeife, der auf der anderen Seite der Straße aus einer Garage trat, und hinter ihm erschien die Frau. Sie trug jetzt eine geblümte Schürze über dem blauen Kleid. Der Mann nickte bedächtig zu dem, was die Frau ihm anscheinend erklärte. Dann näherte sich die Frau mit schnellen Schritten. Sie trug einen Milchtopf.

»Habt ihr gut geschlafen?« fragte sie. »Im Dorf wird's leider schon sehr früh laut. Sind halt alle geschäftige Leute hier.«

Hansi antwortete für uns. »Prima haben wir geschlafen. Richtig prima. Kunststück bei so bequemen Betten!« Er schaute auf seine Füße.

»Ich weiß, du brauchst Schuhe«, sagte die Frau und stellte den Milchtopf auf den Herd. »Probier mal aus, ob dir diese passen! Es sind leider schwere Winterschuhe.« Sie bückte sich und zog ein Paar Schuhe unter der Sitzbank hervor. »Der Alois hat sie kaum getragen.«

Es waren richtige Bergschuhe, glänzend und beinahe neu. Doch als Hansi hineinstieg, zeigte es sich, daß sie ihm viel zu groß waren. Die Frau nahm gestrickte Socken aus einem Wandschrank in der Diele, doch auch mit diesen dicken Socken schlackerten die Schuhe an Hansis Füßen. Die Frau gab nicht auf. Da lagen noch mehr Männersocken im Schrankfach. Endlich paßten Hansi die Schuhe einigermaßen. An jedem Fuß hatte er nun vier Socken.

Jupp klatschte in die Hände. »Der sieht jetzt aus wie der Plattfußindianerhäuptling Dampfende Socke, der Hansi!«

»Schuhgröße Geigenkasten«, sagte ich.

Hansi ließ sich durch unseren Spott nicht beirren. Er war mächtig stolz auf diese Quadratlatschen, und nun war er der einzige von uns, der fast neue Schuhe besaß, richtig wertvolle Schuhe, die auch erstklassig für den Winter taugten. Hansi dankte der Frau überschwenglich. Sie lächelte nur.
Zum Frühstück gab es heiße Milch, in die wir Weißbrot brockten. Und Butterbrote mit Johannisbeermarmelade und Ziegenkäse futterten wir. Zum Schluß, als wir eigentlich längst gesättigt waren, holte die Frau ein Stück Blutwurst aus dem Küchenschrank, teilte es in drei Teile und legte uns die dicken Scheiben auf die Teller. Das war wie ein Abschiedsfest.
»Ich hab vorhin mit dem Kretzer gesprochen«, sagte die Frau. »Ihr könnt ein gehöriges Stück mit ihm fahren, wenn ihr wollt. Bis ins Münstertal.«
Wir hatten zwar keine Ahnung, wo das Münstertal war, aber da die Frau ja wußte, daß wir zum Rhein wollten, mußte dieses Tal auf unserer Strecke liegen. Auf der Karte konnten wir nicht nachschauen. Die letzten Fetzen hatte der Sturm weggeblasen.
»Prächtig«, murmelte Jupp erfreut, »richtig prächtig. Da fahren wir natürlich gern mit. Um was für ein Fahrzeug handelt es sich denn?«
Die Frau zog die Schultern hoch. »Irgendein Lastwagen ist das. Der Kretzer transportiert Holzschindeln zu den Dachdeckerfirmen hier in der Gegend. Sogar bis nach Freiburg fährt er manchmal.«
Eine seltsame Stimmung war plötzlich aufgekommen. Wir wußten, daß wir jetzt aufbrechen mußten, und wir wollten ja auch weiter, doch gleichzeitig hatten wir den starken Wunsch, noch länger zu bleiben. Ich bin mir sicher, daß Hansi und

Jupp das genauso fühlten wie ich. Ein Kloß steckte in meinem Hals fest. Ich traute mich nicht, der Frau ins Gesicht zu schauen.

»Hier, ein wenig Verpflegung für unterwegs.« Die Frau reichte Jupp ein Paketchen, das mit einem bunten Tuch umwickelt war. »Es sind Schmalzbrote.«

Wir bedankten uns scheu. Jupp stopfte den Reiseproviant in den halbleeren Seesack. Verrückt, daß wir den Namen der Frau nicht einmal wissen, dachte ich, doch ich wagte nicht zu fragen. Aus der Garage erschollen die stampfenden, brüllenden Startgeräusche eines schweren Wagens. Der Laster, hochbeladen mit Holzscheiben, schob sich wie ein schwarzes Untier aus der Halle. Es war ein Holzvergaser aus der Kriegszeit, als das Benzin für Soldatenfahrzeuge gebraucht wurde. Der stinkende Kessel hinter dem Fahrerhaus spuckte grauen Rauch in heftigen Stößen. Am Steuer saß der junge Mann mit der Pfeife. Er hatte sich einen ledernen Hut aufgesetzt.

»Dann macht's mal gut!« Die Frau hob die Hand zum Abschied, und ehe wir antworten konnten, war sie in ihrem Haus verschwunden.

»Na, wollt ihr nicht einsteigen, ihr Trödelsäcke?« rief der Fahrer. »Ich hab meine Zeit nicht gestohlen!« Er stieß die rechte Tür auf, damit wir in die Fahrerkabine klettern konnten.

Jupp hatte die Lage sofort erfaßt. Er kletterte als erster die zwei Metalltritte hoch und verstaute den Seesack in der Schlafkoje hinter der Sitzbank. Und dann kroch er ebenfalls in die Koje hinein. Dort hatte er's schön gemütlich. Ich gab Hansi einen Schubs, damit er neben dem Fahrer sitzen mußte. So war es mir lieber.

»Was seid ihr denn für welche?« wollte der Fahrer wissen, als er am großen Lenkrad kurbelte, um den Wagen auf die Straße zu bugsieren. Der Motor schien nicht viel Kraft zu haben.

»Wir sind die Heiligen Drei Könige!« rief Jupp von hinten. Der junge Mann fand das aber wohl nicht witzig. »Daß ihr nicht die heilige Dreifaltigkeit seid, hab ich sofort gesehen. Namen habt ihr nicht?«

Wir nannten unsere Namen.

»Ich heiße Kretzer«, sagte der Fahrer, »ohne Herr davor. Einfach Kretzer. Kapiert?«

»Kapiert«, antwortete Hansi.

»Und wohin soll's gehen?«

Ich klammerte mich am Armaturenbrett fest, als der Laster an Tempo gewann und auf der schadhaften Straßendecke zu rumpeln begann. »Zum Rhein. Wir wollen dann weiter nach Köln.«

Kretzer stieß Hansi den Ellenbogen in die Seite. »Ausgerissen seid ihr. Hab ich recht?«

»Davon kann gar nicht die Rede sein!« Hansi tat empört. »Wir sind auf dem Rückweg von einem Ferienlager. Was Kirchliches war das. Daß Sie nur nichts Falsches von uns denken!«

»Mir ist es sowieso egal«, knurrte Kretzer, der es wohl aufregender gefunden hätte, ein paar Kriminelle zu befördern. Vielleicht hatte er eine spannende Geschichte von uns erwartet.

Wir warfen einen letzten Blick auf den Titisee, der nun friedlich in der Morgensonne gleißte, dann nahm uns der Hochwald wie ein Tunnel auf. Die Tannen schienen bis in den Himmel zu ragen. Trotz der Fahrgeräusche hörte ich das Rauschen der Wipfel. Es ging in Serpentinen bergan.

Eine halbe Stunde war wohl vergangen, da nahm Kretzer die Pfeife, die längst nicht mehr brannte, aus dem Mund und sagte: »Wenn da rechts jetzt keine Bäume wären, dann könntet ihr den Feldberg sehen. Was Höheres haben wir nicht im Schwarzwald. Nicht ganz fünfzehnhundert Meter, aber immerhin.«

Obwohl nichts zu sehen war, verrenkten Hansi und ich uns die Hälse. Jupp lag gemütlich in seiner Schlafkoje und gönnte sich noch eine Mütze Schlaf.

»Ja, ja, die Frau Lehrer«, sagte Kretzer plötzlich. »Das ist schon eine Gute. Die hätte auch ein besseres Leben verdient. Dreimal schade um die Frau.«

Das Schütteln des Wagens hatte mich eingelullt, doch nun war ich hellwach. »Was wollen Sie damit sagen?«

»Daß sie's nicht leicht hat in unserem Dorf. Die Leute tragen's ihr nach, daß ihr Mann ein Parteigänger war. Dabei war's doch nicht ihre Schuld.«

Das traf mich wie ein Hammerschlag. »Ihr Mann... Ihr Mann war ein Nazi? Das kann doch gar nicht sein!« Empört stemmte ich mich von der Sitzbank hoch. »Das lügen Sie doch nur!«

»Jungchen, warum sollte ich das lügen?« Kretzer lachte, und es hörte sich nicht schön an. »Und warum sollte der Herr Lehrer kein Nationalsozialist gewesen sein? Weißt du es etwa besser als ich?«

»Aber die Frau hat doch gesagt, daß der Krieg niederträchtig gewesen wär! Ich hab's genau gehört.« Ich schrie das einfach vor mich hin, weil ich so außer mir war. Was der Mann da redete! Warum behauptete der solch einen Unsinn? Was hatte er gegen die Frau? Daß der Lügner sie so vor uns schlechtmachen wollte! »Hansi, sag du doch auch mal was!« forderte ich.

Hansi stotterte: »D-d-der ist ja sogar im Krieg gefallen, der

Lehrer. Und der Alois auch. Der ist... Der war der Sohn...«
Kretzer unterbrach barsch. »Ihr braucht mir nichts zu erzählen vom Alois. Der und ich, wir waren Freunde. Und sein Vater, der hat ihn auf dem Gewissen.«
»Aber wieso denn?« Was Kretzer erzählte, das verwirrte mich immer mehr. Ich versuchte krampfhaft, mir das schöne Gesicht der Frau vorzustellen, doch es gelang mir nicht.
»Wieso?« Kretzer schlug mit beiden Händen auf das Lenkrad. »Weil der Herr Lehrer so fanatisch seinen verfluchten Führer bewunderte, daß er sich freiwillig zum Kriegsdienst meldete. Für ein großdeutsches Weltreich müsse man sein Leben wagen. In solchen Tönen. Und den Alois, den hat er auch dazu angestiftet. Den und noch ein paar junge Leute aus unserm Dorf. Alles seine Schüler! Sie wären eine auserkorene Rasse.« Und fast flüsternd: »Ich war einer von denen. Aber ich bin davongekommen.«
Ich wußte nichts zu sagen, Hansi schwieg auch. Wir hatten inzwischen den Kamm des Höhenzugs erreicht, und nun ging es nur noch abwärts. In meinem Kopf schwirrten die Gedanken wirr. Ich sah Wasserfälle seitlich der Straße aus den Felsen stürzen und kreisende Habichte am hellblauen Himmel, bemooste Baumruinen streckten ihre kahlen Äste aus, ein ausgebrannter Jeep hing im Straßengraben. Ich sah das alles und sah es auch nicht.
Unvermittelt meldete Jupp sich aus der Schlafkoje. »Schöne Scheiße!« knötterte er. Was er damit meinte, sagte er nicht. Aber wahrscheinlich hatte auch er über die Geschichte der Lehrerfamilie nachgedacht.
Ich schreckte aus meiner Verwirrung auf, als ich merkte, daß die Bremsen des Holzvergasers nichts taugten. In den scharfen

Spitzkehren geriet der Wagen entsetzlich ins Schlingern, die schwere Ladung machte alles noch schlimmer. Kretzer hatte Schweißperlen auf der Stirn. Wir gerieten zuweilen so nah an den Abgrund, daß ich tief in die steilen Schluchten unter mir schauen konnte, und dreimal, viermal dachte ich: Jetzt ist es aus. Aber ich schrie nicht.
Dann sagte Kretzer auf einmal: »Aber gegen die Frau hab ich nichts gesagt. Hört ihr? Die ist eine Gute. Die hat keine Schuld daran.«
Ich dachte: Aber die Leute im Dorf machen ihr das Leben schwer. Der Krieg war noch nicht wirklich zu Ende. Nachkriegszeit. Ich ahnte zumindest ungefähr, was das bedeutete. In Köln hatte ich es ja erlebt, daß jetzt offene Rechnungen beglichen wurden. Doch viele von den Nazi-Funktionären, die in der Hitlerzeit Menschen denunziert und als Staatsfeinde angezeigt hatten, die für Judenverfolgung und den Mord an Unschuldigen und Widerstand Leistenden die Verantwortung trugen: viele von diesen verbrecherischen Nazis waren bei Kriegsende untergetaucht. Und manchen Angehörigen, der mit diesen Schandtaten überhaupt nichts zu tun hatte, traf dann die Rache. Warum sollte das im Schwarzwald anders sein als in Köln!
Allmählich wurden die Kurven weicher, wurde die Straße flacher. Der Wald lichtete sich. Wiesen und Äcker leuchteten in der Sonne. Die Felder klebten geradezu an den Hängen, und ich konnte es nicht begreifen, daß die Bauern, die hier ernteten, nicht ins Tal kullerten. Schafe blökten. Der Motor lief so unruhig, daß ich manchmal vom Sitz rutschte. Wir kamen in offenes Land. Lange Häuserzeilen säumten die Straße. Eine Kolonne von Militärfahrzeugen kam uns entge-

gen. Es war, als führen wir auf eine gewaltige Bühne, auf der hastiges Treiben herrschte.

»Der nächste Ort ist Sankt Trudpert«, sagte Kretzer. »Da ist Feierabend für euch.«

Die Sonne stand jetzt im Zenit. Nach der Düsternis der Waldstraße genoß ich die Helligkeit der Landschaft, die vor uns lag. Es gab keine langen Abschiedsreden, als wir ausstiegen. Kretzer tippte jedem von uns mit der Faust auf den Kopf. Ich glaube, das sollte uns Glück bringen.

Hansi übernahm als erster den Seesack, als wir weiterzogen. Er sagte: »Jetzt müssen wir verdammt aufpassen. So stark bewohnte Gegenden sind nicht ungefährlich. Hier gibt's Polente. Wenn die Polizisten uns für Nichtseßhafte halten, sperren sie uns bestimmt erst mal ins Kittchen.«

»Puh! Nichtseßhafte!« Jupp gluckste. »Hansi mit den großen Sprüchen. Ich hab 'ne Idee.« Er zeigte auf Hansis Schuhe. »Wenn uns welche anhalten, sagen wir einfach, wir wären zum Bergsteigen hier.«

»Hah, hah, hah! Kann ich gar nicht drüber lachen.« Hansi machte zwar ein wütendes Gesicht, doch mit seinen Riesenlatschen sah er ein bißchen aus wie ein Zirkusclown. »Auf alle Fälle müssen wir uns was ausdenken. Irgendwann werden wir bestimmt kontrolliert, das ist so sicher wie das Amen in der Kirche.«

»Du mußt es ja wissen, du Papist.« Jupp sagte es aber so, daß es nicht böse klang. »Ich hab's schon. Wir besuchen unsere Oma! Das behaupten wir, wenn wir angehalten werden. Oma ist immer gut. Bei dem Gedanken an die Omas schmilzt selbst das härteste Polizistenherz dahin. Hab ich recht, Gereon?«

»Was weiß ich! Zu Hause mach ich immer 'ne Fliege, wenn

ich Polente sehe. Aber wir sind hier nun mal nicht in Köln. Hier kennen wir uns nicht aus.« Mir fiel doch etwas ein. »Wir packen oben Gras in den Seesack rein! Das macht die Sache noch glaubwürdiger. Wir haben Gras geholt für die Karnickel von unserer Oma. Na?«
Jupp spendete mir Beifall. »Oma und Karnickelfutter. Das ist doppeltgenäht, da kann nichts passieren.« Er trällerte: »Sie sehen es doch selber, Herr Oberwachtmeister! Wir tragen hier einen Sack voll Gras zu unserer alten Oma, damit sie ihre lieben kleinen Karnickel füttern kann.«
»Die Tierchen warten doch schon so sehr auf ihr Freßchen«, blödelte ich weiter. Ich wußte selber nicht, warum mir danach war, dummes Zeug zu reden.
Hansi begann inzwischen, Löwenzahn und Klee auszurupfen und damit den Seesack zu füllen. Anscheinend war er mit Jupps Einfall einverstanden. »Wie weit mag es wohl noch sein?« fragte er und schaute in den flirrenden Dunst hinein, der über der Ebene lag. »Das ist doch Westen, ja?«
»Klar ist das Westen«, sagte Jupp. »Schnuppert mal, ihr Waldläufer! Melden euch eure Nasen nicht den Geruch des großen Flusses? Ich kann den Rhein ganz eindeutig riechen. Weit ist das bestimmt nicht mehr. Zwanzig Kilometer oder so.«
Hansi und ich schnupperten also auch, und dann konnten wir den Geruch des großen Flusses auch eindeutig riechen. Es zeigte sich später aber, daß Jupps Schätzung ein frommer Wunsch war. Das erfuhren wir von einem Elektriker, der mit einem Kabelauto unterwegs war und uns ein Stück mitnahm. Vierzig Kilometer seien es wohl noch, meinte er. Und etwas sehr Wichtiges erfuhren wir von ihm auch. In Neuenburg sei ein Anlegeplatz für die Schleppkähne. Dort würden wir viel-

leicht die Möglichkeit haben, heimlich ein Schiff zu besteigen. Der Mann zwinkerte uns beim Abschied zu und meinte, er habe ein Herz für Ausreißer. Australien sei sein Ziel. Er zählte uns die Dörfer auf, über die wir Neuenburg erreichen könnten.
Am Nachmittag bekamen wir plötzlich einen Weggefährten. Wir liefen an Weingärten vorbei querfeldein, um ein Stück Straße abzukürzen, da trippelte auf einmal ein kleiner Hund neben uns her. Er sah aus wie eine eingeschrumpelte Dogge mit Dackelbeinen. Der Hund grinste uns geradezu wie ein Verschwörer an und übernahm die Spitze.
»Heh, du! Lauf zurück zu Herrchen!« rief Hansi.
Der Hund wedelte zur Antwort nur fröhlich mit dem Stummelschwanz und wetzte weiter vor uns her.
»Geh zu Frauchen!« schmeichelte ich. »Frauchen hat lecker, lecker Würstchen!«
Der Hund reagierte mit mildem Wuff-wuff.
»Dann fahr zur Hölle!« schrie Jupp den Hund an.
Auch das tat der Hund nicht.
Wir ratschlagten, wie wir uns wohl von diesem Schrumpfhund befreien könnten, doch da konnten wir uns noch so sehr die Köpfe zerbrechen und alle Tricks versuchen: Der Bursche ließ sich nicht abwimmeln. Es war eindeutig, daß er uns mochte.
»Jetzt macht euch mal bloß nicht über mich lustig«, meinte Hansi etwas verschämt, »aber ich finde das Hundchen süß.«
»Süß!« schnaubte Jupp. »Süß!«
Als der Hund nach einer Stunde ungefähr noch immer bei uns war, schlug ausgerechnet Jupp vor, daß wir ihm einen Namen geben müßten.
»So ein kleiner tapferer Hund, der sollte eigentlich David heißen«, schlug Hansi vor. »Kennt ihr David aus der Bibel?«

Ich widersprach. »David ist nicht witzig. Grad weil er so klein ist, sollten wir ihn Goliath nennen.« Zu Jupp gewandt fügte ich hinzu: »Das war so 'n großformatiger Krieger aus der Bibel.«
Jupp knötterte: »Ich seh nur so doof aus, Gereon. Als ob ich nicht wüßte, wer Goliath war!«
Wir setzten uns, als wir die Straße wieder erreichten, unter eine Birke, um die Schmalzbrote zu essen. Inzwischen verspürten wir nämlich richtig schönen Hunger. Hansi verteilte die Schnitten. Ich wollte sofort die Zähne in das fetttriefende Brot schlagen, als Hansi mich anschnauzte.
»Weißt du nicht, daß immer zuerst die Tiere an der Reihe sind?«
»Genau!« bestätigte Jupp. »Wenn die Cowboys sich in einem Saloon zu einer Schießerei treffen, versorgen sie zuallererst ihre Pferde. Daß du das nicht weißt!«
Also fütterten wir Goliath. Ich konnte es nicht fassen, daß solch ein kleiner Hund so gierig fressen konnte. Als wir aus Selbsterhaltungstrieb den Rest vom Eßpaket in die eigenen Mäuler stopften, kläffte Goliath uns empört an.
Aber dann war er unser Retter!
Es kam, wie es kommen mußte. Eine Polizeistreife entdeckte uns, als wir uns eben aus einem Garten ein paar Kohlrabi pflücken wollten, weil der Körper ja auch Vitamine braucht. Das meinte Hansi jedenfalls. Ein Beamter in blauer Uniform und mit Tschako auf dem Schädel stieg von seinem Dienstrad.
»Ihr da!« brüllte er mit einer frechen Kasernenhofstimme. »Was treibt ihr da?«
Wir antworteten im Chor: »Wir sammeln Futter für die Karnickel von unserer Oma!« Und wir zeigten auf das Gras im Seesack.

»Für waaas?«

»Für die Stallhasen von unserer Oma!« rief Hansi schnell und flüsterte uns zu: »In dieser Gegend nennt man die Kaninchen Stallhasen.«

»Kommt mal her, ihr Ganoven!« forderte der Polizist. »Hier stimmt doch was nicht.«

Jetzt ist es aus! schoß es mir durch den Kopf. Jetzt haben wir es so weit geschafft, jetzt haben wir fast schon den Rhein erreicht, aber jetzt ist es aus.

»Hopp, hopp, ihr sollt herkommen!«

Bevor wir kommen konnten, kam Goliath. Er schoß wie ein Raubtier auf den Polizisten zu und schnappte nach seinen Stiefelbeinen. Wie ein Wilder führte er sich auf. Ich dachte: Der mag Uniformen nicht leiden.

»Könnt ihr den Hund nicht zurückrufen?« schnauzte der Polizist.

»Nein!« Jupp breitete bedauernd die Arme aus. »Der gehorcht nur unserer Oma.«

Und dann geschah das Wunder. Der Polizist schnauzte noch ein bißchen herum, stieg wieder auf sein Fahrrad und machte sich davon. Anscheinend hatte Goliaths Auftritt ihn davon überzeugt, daß wir Stallhasenfuttersammler mit festem Wohnsitz waren und keinesfalls minderjährige Landstreicher.

»Das war knapp«, stöhnte Hansi.

»Verdammt knapp!« Ich konnte es kaum glauben, daß wir davongekommen waren.

Als wir durch eine Birnenplantage liefen, um uns nicht wieder auf der Straße erwischen zu lassen, merkten wir auf einmal, daß Goliath verschwunden war.

Das machte uns sehr traurig.

Auf dem großen Strom

Wir kamen gegen Mitternacht am Rheinufer an. Am liebsten hätten wir das Wasser geküßt. Unser Strom! Eigentlich waren wir doch fast schon zu Hause, obwohl wir gar nicht wußten, wo genau wir uns befanden, denn der Rhein gehört, wenn man es genau nimmt, uns Kölnern. Und wir nahmen es genau!
Hansi, dem die schweren Schuhe wie Zentnerlasten an den Füßen hingen, kniete sich vor lauter Glück vor die Kaimauer und hob die Hände zum Himmel. Jupp hatte behauptet, daß Hansi sich mindestens fünf Zentimeter von seinen Beinen abgelaufen habe und sichtbar kleiner geworden sei. Hansi bestritt dies zwar, gestand aber ein, daß seine Zehen schon seit Stunden völlig gefühllos seien. Wir waren unbeschreiblich erschöpft, aber nun hätten wir singen können.
»Geschafft!« Jupp stöhnte wie ein Boxer nach dem Sieg.
Aber hatten wir es wirklich geschafft?
Wir hörten dem Raunen des schwarzen Wassers zu, saugten den vertrauten Duft ein, sahen die blitzenden Schaumkronen der kleinen Wellen, die über die Uferbefestigung spülten. Wo waren die Schiffe?
»Nachtfahrverbot«, sagte Hansi. »Das ist doch gut für uns. Irgendwo in dieser Gegend werden doch wohl ein paar Pötte für die Nacht festgemacht haben. Seht ihr keine Positionslichter?«
Wir sahen keine. Und Weihnachtsbaumbeleuchtungen wür-

den die Schiffer auch kaum angezündet haben, wo doch bei Anbruch der Dunkelheit der Verkehr auf dem Fluß eingestellt werden mußte. Die Verordnungen der Siegermächte waren knallhart.

Wir mußten Hansi fast mitschleifen, als wir uns auf dem Uferdamm auf die Suche machten. Ratten flitzten fiepend davon. Wir erschraken aber nicht, weil wir so müde waren. Ausgerechnet Hansi war es, der plötzlich die Lämpchen funzeln sah. Da waren wir mindestens schon einen Kilometer flußabwärts gelaufen.

»Sagenhaft!« flüsterte Jupp. »Ein richtiger Schiffsverband. Schleppdampfer und zwei lange Lastkähne. Männer, wir stehen unter dem persönlichen Schutz der vierzehn Nothelfer! Sag mal, du Meßdiener, wer ist denn für Schiffe zuständig?«

»Sankt Nikolaus natürlich«, sagte Hansi. »Der ist der Patron der Seeleute.«

»Komisch!« Jupp kicherte. »Ich hatte immer gedacht, der Neptun wär's. Wie man sich irren kann! Wir nehmen den hinteren Schleppkahn. Ich wette meinen Seesack gegen den Sack vom Nikolaus, daß es da keine Bordwache gibt. Was der wohl geladen hat?«

Wir schlichen näher und hörten Stimmen. Die kamen aus der Kabine des kleinen Dampfers, von wo auch der schwache Lichtschein blinkte. Gelächter, überlaut in der Stille, drang zu uns herüber.

»Ich glaub, die sind am Saufen«, sagte ich.

»Sollen sie doch!« Hansi freute sich.

»Je blauer, desto besser«, erklärte Jupp und drückte mir den Seesack in die Hände. »Ich peile mal die Lage. Vielleicht schaffen wir's ja, ohne uns nasse Socken zu holen.« Und schon huschte er die Böschung hinunter und war vor dem dunklen Rumpf des letzten Lastkahns nicht mehr zu sehen.

»Liegen ziemlich tief im Wasser, die Kähne«, stellte Hansi fest. »Schwere Ladung. Wahrscheinlich Bausteine oder so. Wo bleibt der Jupp nur so lange?«

Jupp blieb gar nicht lange, er kam schon nach wenigen Sekunden zurück und teilte uns mit, daß wir uns über eine Stahltrosse an Bord hangeln könnten. Und da wurden wir vor Aufregung wieder ganz wach und schlitterten vorsichtig zur Mole hinunter.

»Knapp fünf Meter«, wisperte Jupp. »Das schafft sogar mein Opa mit den Ersatzzähnen von der Knappschaftskasse. Wer macht's zuerst?«

Ich versuchte es. Weil mir die Nerven flatterten, wollte ich es schnell hinter mich bringen. Ich krallte mich an der Trosse fest, schlang die Beine um das Drahtseil und zog mich rückwärts Stück für Stück zur Bordkante des Schleppkahns hinauf. Das scharfkantige Seil schnitt mir in die Handflächen und kratzte an den Waden, aber ich schaffte die paar Meter schnell. Unter mir gluckste das Wasser. Schwierig war es nur, mit den Beinen voraus die Bordwand zu überwinden. Beim zehnten Versuch ungefähr gelang es mir. Da hatte ich fast schon geglaubt, daß meine Kräfte nicht reichten.

Jupp warf mir den Seesack zu. Jetzt war Hansi an der Reihe. Ich dachte: Der ist so ausgelaugt vom Laufen, der schafft es nicht. Aber Hansi zog die Bergschuhe von den Füßen, band sie sich an seinen Gürtel und turnte los wie einer, der um sein Leben kämpft. Als er das Ende des Stahlseils erreicht hatte, zog ich ihn auf den Kahn.

Jupp, der Geschmeidigste von uns dreien, kam wie ein Schimpanse geklettert. Geduckt spähten wir nach allen Seiten. Nein, niemand hatte uns beobachtet.

»Und jetzt bin ich mal gespannt auf die Ladung«, flüsterte Jupp und kippte vorsichtig die Planke einer Ladeluke hoch. »Mist, daß die Schweinehunde uns die Taschenlampe geklaut haben!« Wir starrten in die düstere Höhlung hinein und wußten schnell Bescheid. Zement. Der Lastkahn war anscheinend mit Zementsäcken beladen.

»Stammt aus der Schweiz«, sagte Hansi, der im spärlichen Mondlicht die Aufschrift eines Sackes entziffert hatte. »Fragt sich bloß, wohin die Ladung geht. Da wären wir schön angeschissen, wenn diese Fuhre vielleicht nur bis Karlsruhe gebracht wird oder Frankfurt.«

Ich hatte die niederländische Fahne am Schiffsheck gesehen und konnte Hansi beruhigen. »Aber wie wollen wir uns denn hier verstecken? Das ist doch die entscheidende Frage. In Zement ist jede Menge Kalk drin, und Kalk ist gefährlich, der ätzt die Haut kaputt und geht in die Lungen rein.«

»Kack dir mal bloß nicht ins Hemd!« schnauzte Jupp. »Mensch, Gereon, da haben wir im Krieg doch andere Sachen ausgehalten, oder wie seh ich das? Wir müssen uns so richtig 'nen Bunker buddeln unter den Säcken. Faßt mal mit an!«

Dicht in der Ecke bei den hinteren Schotten wuchteten wir Zementsäcke hoch, bis ein Schacht entstand. Es staubte heftig, und wir hatten große Mühe, das Husten zu unterdrücken. Gegen den Niesreiz spritzten wir uns Rheinwasser ins Gesicht. Vom Schleppdampfer her tönte schauerlicher Gesang. Das gefiel uns natürlich. Jupp, der schon tief in die Schichtungen der Papiersäcke eingedrungen war, stieß plötzlich einen leisen Schrei aus.

Ich beugte mich über den Rand des Schachtes. »Ist was?«
»Das kann ich dir flüstern!« Jupp jubelte. »Weinflaschen! Ich bin auf Kisten mit Weinflaschen gestoßen!«
Ich drehte mich zu Hansi um. »Jupp ist auf Kisten mit Weinflaschen gestoßen! Jetzt sind wir wirklich die Heiligen Drei Könige. Halleluja!«
Hansi kapierte nicht. »Was haben wir denn mit dem Wein zu tun? Sollen wir den vielleicht aussaufen?«
»Junge!« zischte ich. »Gib deinen Gehirnwindungen mal 'n Tröpfchen Öl! Die Brüder schmuggeln Wein. Weißt du, was das bedeutet?«
»Nö.«
»Daß wir sie in der Hand haben, du Tünnes! Wenn wir das den Zöllnern verraten, sind die doch in die Fott gekniffen und verlieren ihre Lizenz. Aber wenn wir die Schnauze halten…«
»Das ist ungesetzlich!« fuhr Hansi mich an. »Erpressung ist mindestens so schlimm wie Klauen und Schmuggeln und so. Und Mitwisser machen sich sowieso strafbar. Wir müssen die Zollbehörde…«
»Genau das müssen wir nicht!« Ich hielt Hansi die Faust vor die Nase. »Hörst du? Genau das müssen wir nicht! Wir wollen nach Hause, und da ist uns jedes Mittel recht, unseren Plan durchzuboxen. Die Weinflaschen da unten schickt uns der liebe Gott höchstpersönlich.«
»Versündige dich nicht, Gereon!« Hansi stieß meine Faust wütend zur Seite. »Damit treibt man keinen Spott. Außerdem wissen wir ja auch gar nicht, ob sich die Leute erpressen lassen. Vielleicht ermorden die uns!«
»Du Spinner!« Ich versuchte zu kichern, aber Hansi hatte mir da mit seinem Zweifel einen bösen Floh ins Ohr gesetzt.

»Wir schaffen das schon, Hansi!« flüsterte ich. »Wir sind doch mit allen Wassern gewaschen.«
»Heh, was quatscht ihr da oben für Operetten?« rief Jupp.
»Hansi braucht mal gerade bißchen Nachhilfeunterricht in Schmuggelfragen«, gab ich zurück. »Ist es viel Wein?«
»Schwer zu sagen, Gereon. Für 'n paar Jahre Knast reicht's. Also, kommt schon runter! Ich hab 'ne prima Höhle gebaut. Erst mal den Seesack!«
Klar, die Veränderung an den Säckestapeln war von oben leicht zu erkennen, doch vom Ufer aus konnte uns keiner entdecken, und darauf kam es an. Wir richteten uns für den Rest der Nacht in unserem Versteck ein und beklagten dabei die Tatsache, daß wir völlig ohne Verpflegung waren.
»Wie lange dauert's denn wohl bis Köln?« fragte Jupp.
»Drei, vier Tage, schätze ich.« Hansi hustete in seine Armbeuge. »Flußabwärts geht es ziemlich schnell. Ein abgestürzter Pilot hat übrigens in der Sahara mal fünf Wochen nur von Tauwasser gelebt, das er morgens von den Tragflächen der kaputten Maschine geleckt hat.«
»Ich bin aber kein abgestürzter Pilot«, maulte Jupp.
Wir hockten in dem Schacht zwischen den Säcken, hatten unter uns Kisten mit Weinflaschen und über uns den Sternenhimmel. Für den Rest der Nacht waren wir sicher, das wußten wir, denn die Männer in der Kabine vorn hatten wohl inzwischen ihr Soll erfüllt und befanden sich vermutlich im Vollrausch. Zu hören war jedenfalls nichts mehr von ihnen. Und so fielen auch wir vornüber und ruhten endlich aus nach dem harten Tag. Der Rhein schaukelte uns in den Schlaf.
Die Dampfpfeife weckte uns. Ich wußte zuerst nicht, wo ich war. Hansi und Jupp lagen über mir. Warum ich nicht erstickt

war in diesem Loch, war mir schleierhaft. Ich wühlte mich hoch und rang nach Luft. Da ruckte auf einmal der Kahn an, ich begriff die Wirklichkeit und bekam Angst.
Hansi sagte voll Andacht: »Die Heimfahrt hat begonnen.«
»Schick mal ein paar Gebete zum Heiligen Nikolaus!« forderte Jupp. »Ich schätze, gleich taucht irgendein Piefke auf und reißt uns die Ohren ab. So Schleppkahnkerle, die sind zu allem fähig.«
»Wir werden uns schon zu wehren wissen«, antwortete Hansi zuversichtlich. Die Tatsache, daß wir uns auf unserem Strom befanden, machte ihn offensichtlich mutig.
Es drang genug Licht von oben in unseren Schacht, daß wir erkennen konnten, wie der Zement uns bestäubt hatte. Graue Mäuse: dieser Begriff fiel mir ein, als ich Jupp und Hansi anschaute. Etwas widerlich Kühles ging von den Säcken aus, ich fühlte bitteren Geschmack auf der Zunge. Ich hatte das dringende Bedürfnis, mir die Zähne zu putzen. Doch andere Bedürfnisse waren dringlicher, besonders bei Jupp.
»Ich muß schiffen«, sagte er, »und zwar sofort.« Und schon machte er sich an den Aufstieg.
Da konnten Hansi und ich ihm gleich folgen, denn ob einer entdeckt wurde oder alle drei, das machte keinen Unterschied. Und als wir dann vereint an der Reling standen, nahte das Unheil in Gestalt eines Neandertalers in blauem Overall.
Der Neandertaler schwang einen Schraubenschlüssel und kam über die Abdeckplanken gehüpft. »Ist das eine schöne Überraschung am Morgen!« schrie er heiser. »Da juckt's mir richtig in den Fingern, wenn ich blinde Passagiere sehe. Wartet, ihr Strolche, euch werde ich Beine machen!«
Ich konnte nicht mehr weiterpinkeln vor Angst. Der Mann

war zu allem fähig, das sah ich. »Machen Sie sich nicht unglücklich!« rief ich ihm entgegen. »Sie verkennen die Situation!«

»Ich verkenne überhaupt nichts!« grollte er mit Mordlust im Blick. »Ich will jetzt drei Figuren sehen, die in zehn Sekunden über Bord gesprungen sind. Eins, zwei, drei, vier...«

»Warten Sie!« schrie Hansi gellend.

»Ich schmeiße euch ins Wasser!«

»Dann wird aber der Wein sauer!« Jupp hob wie zur Abwehr die Arme. »Wär doch schade, wenn die Zöllner die Flaschen leersaufen. Oder wollen wir uns einigen?«

Der Neandertaler erstarrte in der Bewegung und schaute uns aus Augen, die noch rot waren vom nächtlichen Suff, lauernd an. »Heh, was willst du damit sagen, du Windei?«

»Daß wir unter den Zementsäcken Weinkisten gefunden haben. Weiter nichts.« Jupp spielte den Gelassenen, obwohl seine Stimme zitterte, und verschränkte die Arme vor der Brust. »Wenn Sie uns zwingen, ins Wasser zu springen, schwimmen wir sofort zum nächsten Zollamt. Und dann landen Sie hundertprozentig im Zuchthaus. Aber wenn Sie uns mitnehmen bis Köln, halten wir die Schnauze. So, jetzt können Sie wählen.«

Ich bewunderte Jupp in diesem Augenblick sehr. Das hätte ich nie so hingekriegt. Mir schlotterten die Beine, und Hansi machte Stielaugen aus Angst vor dem Schraubenschlüssel. Ohne Frage hatte der Mann noch Schwierigkeiten, die Lage zu erfassen.

Um Jupp zu unterstützen, sagte ich: »Wir haben nämlich nichts Grundsätzliches gegen Schmuggler.« Ich fand, daß ich das gut gesagt hatte, und es wirkte auch.

Auf einmal konnte der Neandertaler auch leise sprechen, fast

wie ein richtiger Mensch. »Wie stellt ihr euch denn die Sache vor?« Wie ein Verschwörer flüsterte er und zeigte dabei zum Schleppdampfer nach vorn: »Die andern da vorn, die wissen nichts von dem Wein.«
Hansi gab sich einen Ruck. »Wir setzen einen mündlichen Vertrag auf«, sprach er feierlich. »Sie verpflichten sich, uns auf Ihrem Lastkahn zu verstecken und sicher nach Köln zu transportieren, und wir erklären unsererseits eidesstattlich, Ihre Tätigkeit als Schmuggler nicht publik zu machen.«
Jupp starrte mich an, ich starrte Jupp an. Hansi verblüffte uns immer wieder mit seinen tollen Sprüchen. Auch der Neandertaler war mächtig beeindruckt und schaffte es plötzlich ganz schnell, Hansis Vorschlag geistig zu verarbeiten.
»Schwört ihr bei Gott und der Jungfrau Maria?« fragte er verlegen. Jetzt lächelte er sogar ein wenig.
»Machen wir glatt«, sagte Jupp.
»Dann schwört!«
Jupp und ich hoben die Schwurhand und schworen bei Gott und der Jungfrau Maria, daß wir den Schmuggler nicht verraten würden, wenn er uns heil nach Köln schaffte.
»Er soll auch schwören!« forderte der Neandertaler und zeigte mit dem Schraubenschlüssel auf Hansi.
»Katholiken dürfen nicht schwören«, erklärte Hansi mit gepreßter Stimme. »Deine Rede sei ja und nein, so steht's in der Bibel.«
»Verdammt, Hansi!« Jupp war sauer. »Dann schwör einfach ja! Kannst ja das andere weglassen.«
Zögernd sagte Hansi dann: »Ja, ich schwöre.« Und im gleichen Atemzug verlangte er auch den Schwur des Neandertalers. Der schwor dann auch.

Während der Dampfer emsig die Kähne schleppte, einigten wir uns auf eine gemeinsame Taktik. Der Mann, dem der Lastkahn gehörte und der für seine Fracht verantwortlich war, würde dafür sorgen, daß kein anderer aus der Mannschaft den hinteren Kahn betrat. Wir versprachen, uns so zu verhalten, daß niemand vom Schiffsverband oder an Land uns wahrnähme. Der Neandertaler hieß übrigens Karl-Heinz Motzin und stammte aus Emmerich. Die Ernährungsfrage blieb leider zunächst einmal offen. Es könnte auffallen, meinte Motzin, wenn er heimlich etwas aus der Kombüse mitnähme.

Jupp meinte: »Die paar Tage, die sitzen wir doch locker auf einer Backe ab. Nach all dem, was wir ausgehalten haben! Vergeßt nicht, daß wir richtige Waldläufer sind. Von so 'nem bißchen Hunger kippen wir nicht aus den Mokassins. Jetzt doch nicht mehr. Männer, wir haben's so gut wie geschafft!«

»Bestimmt können wir uns auch mal 'nen Aal fangen. Einfach so mit den Händen. Wo der Kahn doch so tief im Wasser liegt!« Hansi schien sich auszukennen. »Im Kielwasser von Schleppern schwimmen oft Aale mit. Hab ich jedenfalls schon gesehen.«

Ich sagte nichts. Mir war ganz seltsam zumute. Einerseits wurde mir erst nach und nach bewußt, daß ich nicht mehr mit Jupp und Hansi durch die Wälder streifte und daß sich unser Abenteuer dem Ende näherte. Andererseits beschäftigte mich der Gedanke, daß ich schon bald meinen Eltern erklären müßte, warum ich mich nicht beim Erholen und Sattessen befand, sondern eine lange Reise unternommen hatte, um wieder nach Hause zu kommen. Die Unruhe, dieses Gefühl aus Bedauern und Erwartung! Nein, seltsamerweise dachte ich in diesen Minuten überhaupt nicht ans Essen.

Wir ernährten uns dann fast ausschließlich von Rosinen, und das hatte damit zu tun, daß Motzin uns das Pokern beibrachte. Nach Mittag tauchte er mit einem Päckchen Spielkarten und einer Tüte Rosinen bei uns auf und brachte uns bei, was Full House und Strait und Royal Flash bedeuten. Wir legten in unserer Höhle ein Brett über die Zementsäcke, das war unser Pokertisch. Motzin gab jedem von uns eine Handvoll Rosinen als Startkapital.
»Eine Rosine ist tausend Mark«, erklärte er.
»Völlig klar«, sagte Jupp.
Und dann spielten wir um atemberaubend hohe Beträge. Motzin war ein schlechter Bluffer. Immer, wenn er ein gutes Blatt auf der Hand hatte, ging in seinem Kopf sichtbar das Licht an. Wir waren also gewarnt. Außerdem pfuschten wir natürlich, was das Zeug hielt, denn es ging uns ausschließlich um die Rosinen. Motzin schleppte immer neue Tütchen an. So kamen wir einigermaßen über die Runden.
Motzin brachte uns auch einen Korkenzieher, damit wir uns die eine oder andere Rotweinflasche öffnen konnten. Seinen Blechbecher, aus dem er den ganzen Tag süppelte, ließ er bei uns stehen und verkündete dazu: »Das Flußwasser dürft ihr nicht unverdünnt trinken. Immer ein bißchen Wein dazu. Alkohol tötet die Läuse. Der Rhein wimmelt von Läusen. Könnt ihr richtig sehen.«
Die Männer vom Schleppdampfer bekamen wir nicht ein einziges Mal zu sehen, wir hörten nur ihre Stimmen, vor allem nachts. Zweimal kamen Kontrolleure vom Zoll an Bord. Wir schlüpften tief in unseren Schacht, zogen die Abdeckung von innen über unseren Köpfen zu und hielten den Atem an. Wenn der Wein entdeckt wurde und wir dazu, dann waren wir

wegen Mitwisserschaft dran! Nicht auszudenken, wenn wir ausgerechnet auf dem Rhein gefaßt worden wären! Die Zöllner verschwanden aber jedesmal schnell. Ich glaube, Motzin bestach sie mit Wein.

Das Fließen des Flusses ging mehr und mehr in mich über. Es war wie ein gemeinsames Atmen. Ich war ein Teil dieses Fließens. Manchmal hatte ich Mühe, mich darauf zu besinnen, daß es nicht die Landschaft war, die sich bewegte, sondern daß wir es waren, die mit dem Strom schwammen. Die Stunden zählte ich längst nicht mehr. Auch Hansi und Jupp waren ganz ruhig geworden. Wir fühlten die Sonne auf der Haut und saugten den Geruch unseres Stroms ein.

Wenn uns Schleppzüge begegneten, die rheinaufwärts tuckerten, grüßten die Schiffsführer sich mit den Dampfpfeifen. Die Manschaften winkten sich zu. Manchmal winkten auch Hansi, Jupp und ich. Von den Schiffen drohte uns ja keine Gefahr.

Wir schauten über den Rand unserer Zementhöhle und konnten uns nicht sattsehen an den bunten Bildern, die an uns vorüberzogen. Wir sahen Uferdörfer, die wie Kinderspielzeug in der Sonne glänzten, wir sahen aber auch Städte, die vom Krieg zerstört und verrußt waren und in denen das verkohlte Gebälk der Häuser wie ein Heer von schwarzen Spinnen zu drohen schien.

Weil der Wein in unserem Trinkwasser uns ein bißchen benebelte, glaubten wir die meisten Sehenswürdigkeiten sogar doppelt zu sehen: den Binger Mäuseturm, die Pfalz bei Kaub, den Felsen der Loreley, die Weinberge und die Burgen auf den Hügeln. An den strengen Zementgeruch hatten wir uns gewöhnt.

Bald sagten wir uns gegenseitig die Namen der Orte vor, die

wir passierten, denn sie waren uns bekannt: Unkel, Königswinter, Dollendorf, Beuel... In Köln würde der Schleppverband für die Nacht festmachen, das wußten wir von Motzin. Das Gefühl aus Freude und Bedauern überfiel uns wie ein Fieber. Das Ende unserer Reise nahte. Wir kamen heim.
Wir waren noch dünner als bei der Abreise, aber was für starke Erinnerungen brachten wir mit! Die Abenteuer in den Wäldern, die Sternennächte, die Begegnungen mit seltsamen Menschen, die Zeiten des Hungerns und des Schlemmens, die Erfahrung von Trauer und Glück. Ich hatte zwei Waldläufer kennengelernt, und jetzt waren wir Freunde. Der Rhein leuchtete wie ein Teppich aus Gold in der Abendsonne. Doch hier ging kein Heimatfilm zu Ende, hier brachte der große Strom drei Waldläufer nach einer langen Reise nach Hause.
Am Horizont erhob sich das dunkle Band der Stadtkulisse. Die riesigen Türme des Domes standen schwarz vor dem Licht und hatten ihre bedrohliche Schwere verloren. Alles an diesem Bild war mir vertraut, aber ich hatte mich verändert.
»Sieht gar nicht mal so schlecht aus, der Dom«, sagte Jupp, »jedenfalls so aus der Ferne.«
Hansi lachte. »Eigentlich müßten jetzt die Glocken läuten.«
»Ja«, sagte ich, »eigentlich müßten sie das.«